ZHENZHENG DE JIFENG

真正的疾风

沙代　著

百花洲文艺出版社
BAIHUAZHOU LITERATURE AND ART PRESS

图书在版编目（CIP）数据

真正的疾风 / 沙代著 . –– 南昌：百花洲文艺出版
社 , 2023.2

ISBN 978-7-5500-4848-5

Ⅰ.①真… Ⅱ.①沙… Ⅲ.①诗集－中国－当代
Ⅳ.① I227

中国版本图书馆 CIP 数据核字 (2022) 第 227675 号

真正的疾风
ZHENZHENG DE JIFENG

沙代　著

责任编辑	许　复	
特约编辑	李俊滕	
书籍设计	汇文书联	
制　作	汇文书联	
出版发行	百花洲文艺出版社	
社　址	南昌市红谷滩世贸路 898 号博能中心一期 A 座 20 楼	
邮　编	330038	
经　销	全国新华书店	
印　刷	武汉鑫佳捷印务有限公司	
开　本	880mm×1230mm　1/32　印张　11.5	
版　次	2023 年 7 月第 1 版第 1 次印刷	
字　数	265 千字	
书　号	ISBN 978-7-5500-4848-5	
定　价	98.00 元	

赣版权登字　05-2023-121

网址　http://www.bhzwy.com
图书若有印装错误，影响阅读，可向承印厂联系调换。

沙代

分析自我而试图了解整个人类应该具备的东西，

或让人知我而能联想到其自身。

目　录

《白狐》发表始末

1

我本无才，然写就一些自身的事情还是能够"勉为其难"的。说到《白狐》，首先需要提及的是中国诗歌网，及其《每日好诗》栏目，在此我由衷地感谢《诗刊》社搭建了这个大融合大贯通的自由投稿平台。我在这里着重阐明的是，并非我的诗文本身文采斐然，而仅仅是中国诗歌网编辑对一个即将老去的诗歌爱好者有所侧重。

我记忆力较差，生活的农村又较为闭塞，写作于我本来是风马牛不相及的事情，冥冥之中之所以和它结下不解之缘，是因早年间躺在父亲的木柜里偷看了有限的几本名著，而之所以如此，是读高中时英语成绩忽然就跟不上了。初中时，英语是我最纠结的一门课程。一个少年要牙牙学语般去学这些外来的东西，对一个孩子来说，思想上很难迈过这道坎。好在当时教我们的是位女老师，现在我依然能够叫出她的名字。对她印象如此之深，并非她那流利的英语口语（我当时甚至怀疑，她如此高的英文造诣肯定受过专门的培训），而是一个没见过世面的农村懵懂少年，忽然近距离接触了来自城市时髦女性的那种神秘感觉的猛然冲击。尤其让我能记住她的，就是每次上课之前，她必先让我站起来背诵上一节课学到的单词。可想而知，为了不在她面前出丑，为了不让同学们看笑话，我把所有的精力都放在她的课程上了。其结果是，我当时的英语成绩在班里名列前茅。可惜在我还没有真正把成绩牢牢固定下来，她就调回城里了。而接替她的，是一个矮个子的男老师，此人上课只管往前讲，几乎不检验我们是否真正学会了，因此初三未到，我就已经跟不上课。记得我英语考试最差的一次竟得了18分。由于英语成绩的拖累，高中一年后我各科的成绩最后都止步不前了。而我仍能安静地坐在课堂座位上，是因为把注意力投放在从父亲柜子里带出来的那些名著上了，由此开启了我不离书、书随我身的"情感纠葛"。时至今日，无论我走到哪里，无论干什么活计，我都会带一些书在身边，即使不读也心安。

2

我与土地的关系不是看上去的它平躺我竖立，也不是视觉里的我即便流动仍不失它那永远凹陷的中心，而是我永远被掌控在某一平坦的手掌里。第二轮土地承包时，在村南林场东边，我们家分得了一块农田，有四五亩的样子。所以在假日或我不甚忙碌时，接触最多的当属林场里的那些护林员了。他们主要的任务就是管理果园和防止有人盗采林木。这里种植的果树是本地常见的那几种，以成排规整的苹果树为主，左右两旁分别是梨树和桃树，外围散落的是杏树，而树木最集中的地方在林场北边的深沟里，白杨居多。林场的西南是一片坟地。东北则是广袤的沃土。当父母在农田劳作而我在深沟的白杨树下模仿古人高声背诵诗词的时候，路过的护林员总遥指墓地，说我的声音会招惹住在那里的狐仙，而狡猾的它们专以害人为能事。夜晚她们通常会变为女人到附近的村子里游荡，勾引那些年轻的光棍，然后在春宵一刻中吸干他们的鲜血。我当然能识破他们的小小伎俩，那也无非是看不惯我在这里偷懒假读书，而不顾父母在农田里出汗。不过，好像正中他们的下怀，我打赌自己胆子大到敢一个人在农场过夜。当然我有自己的打算，除了能在夜晚为家里节省点电费外，这里的果实我能随便吃个够，因为假期的时候，总会遇到不是杏熟透，就是苹果等可以采食了。替他们看农场，似乎是我上了当，但我欣然前往。

当然，我也不是特实在的那种人，多半会邀请三四个要好的朋友同往；时间也不是整个假期，等玩闹够了吃腻了，就会像前线打完胜仗的士兵一样撤回来。农场离村约二里路程，追逐嬉闹的孩子说着话就到了。而捉迷藏往往是首选的项目。那就先让一个人借日暮快速地躲藏起来，其余的人去找。林场面积大，可藏的地方多，而那时的手电灯又照射得不太远。往往那人是无处寻其踪迹的，所以到最后总是弃之不顾，自去寻找那些喜欢夜间出来觅食的动物了，主要有田鼠、刺猬、獾、野兔和常在某处高枝上咕咕叫唤的猫头鹰。我们偶尔也会无意中发现护林员自制的捕鼠器，架设在小兽经常出入的路径上。不过它们比藏起来的人更隐秘，所以我们会委派专门人员详细地记录下它们的位置，便于明晨早于护林员去查看。但往往一无所获。那时我们每人手里都有一把弹弓，而衣服兜子里则塞满从河道捡的小石头。我们随意地射向黑暗处，不管那里有没有可射之物，只为听得那一声被拉长了的清脆的声响，嗖——啪！惬意极了。

这样的情形一直散落在我的心底。尤其伙伴们玩累后横七竖八地躺在我的周围，尤其我看了一阵书后仍没睡意，我转而会长久地凝视窗外。给我印象最深的，当属如箭镞的树丫支撑夜幕。潮湿混沌为世界的本来面目，而非白昼寻常所见。我看到点着灯的土坯房子被遮盖在众多的林木中，那份孤弱如被村庄遗弃。但同其西南角那些荒坟相比，这里的房屋更像是一座稍高的能够包容活人的墓穴。也就是说，我和毕生躬耕于此的农人就是此中活着的死人。因为各类书籍的大杂烩，那一刻我忽然解答了时间渲染在夜幕上的，犹如教师以"因而"为题，写于黑板上要求我们造的最简洁的句子——因有死而使生显得毫无价值。当然这只是针对自身来说的，因为那时期我刚好觉得自己是位觉醒者。同时，初始的清高让我罪恶地将"肉"这个字重新定义在那些辛劳的农人身上。虽然没有被他们怒怼回来，但我的内心隐隐感觉到，书籍并非全然是好东西。

3

对于一个刚萌生要写点什么的想法的新手来说，这样的结论并非书籍启蒙了我什么坏东西，而是自它而来的说不清的诱惑力。无论文字表达，还是跌宕起伏的故事结构，还是或悲或喜的收尾，都让你在吃饭时，一只眼睛盯着碗一只眼睛盯着书页；都让你在课堂上，一只眼睛平视着讲台，一只眼睛俯视着藏起来的连贯的文字。那时看书已经能偶发灵感了，而大脑瞬间产生的句子会即时记录在段落间的空白处，是不是佳句有待商榷，但字迹必须写得潦草，只允许自己晓得那是什么。

假期自然是最佳的阅读时期，替人看农场又属锦上添花，既不受父母唠叨，又能为他们省下几顿饭。其时刚步入高中，就已经是快乐的日子渐行渐少了。好歹我们都是背着满满的书本去的，几日不回，父母以为我们多少会学点知识而懒得过问。多么让人留恋的时光！我还是古人身世未揭开之时，还属于自然而然之日，还没有进入被认识之手所掌控的岁月。何为"古人身世"呢？那就是背诵古诗词太投入的缘故，忽然觉得自己肖似某个正在历经十年寒窗苦的古代穷秀才。并且这种感觉日甚一日地取代了原本需要掌握全面知识的高考"预备役"一员，而改为仅用几篇八股文就能另谋高就的荒唐想法。于是开始羡慕古人，开始拿古代散漫的田园生活同现今你争我抢的混乱生活做比较。忽然发现，对于历史，我总是感觉那遥远的已逝的时代无论虚实都是好的，假使我在那时，也会是十分有意思的。究其原因，是因为没有深入到当时的现实中去，因而无法体会与之对应的真切的内容。当然，这也是有原因的，除了历史的不可追外，主要就是被书籍所固定的皮影似的几个文人骚客同化了。无论他们曾经的存在有多真实，但对于我，他们只留下他们的快乐，而真实的痛苦已追随历史遥遥而去。总之，存在过就是最大的幸事。所以，每当我阅读古典诗词作品时，从各类书籍中汇总的古人的形象不由自主地替换了现实版的我：头戴两旁有如意形软翅的高帽子，身穿飘逸的遮住脚面的长衫，当然还足蹬朝靴。时至今日，这样的形象在我内心还多有摇头晃脑的肢体模仿。

但说到早年就有的灵感，如今去翻阅已被翻破的名著时，记录在字里行间的那些句子已不知所云；但说到早年萌生的高考之外另有出路的想法，以及为之前仆后继的努力，虽然现在的境况已将之否定再否定，也难免有一丝理不清的虽死犹荣。如果所读的文字是薄薄的铁片，我已身披无数的铠甲；如果人的思维是一团被引燃的火，那我无时无刻不是生活在一团烈焰中。即：书籍给予我遇事时的自信与从容。

我难以忘却林场的那段时光，除了时间尽由自己支配外，更主要的这里好像是村集体最后镇守的一块公共用地了，所以在此也更利于我用集体的感情重温我个人的回忆。不过我通过独享密实的夏荫、豁达的宁静，和夜晚对荒野的凝视，对高天可见的底部的仰视，毅然要回了属于我家的那一份回忆。

4

那个年代，有关狐狸的神话传说遍布于家乡的街头巷尾。在那些脸上纹路似裂缝的老农嘴里，何止走兽，就连被根系所困的众植物们也有成精一说。它们幻化为人，又以人类为目标，或残害，或求助，或相爱。其中识破植物之妖孽的唯一方法，就是它们在白天都是睡眠般的蛰伏状态，此时最易被制服。借此我们会去百草丛中寻那最粗壮的一棵，然后毫不犹豫地将之拦腰砍断。如果有鲜血从茎叶或枝干中溢出，那此株草木无疑成精了。不过对于百兽我们却显得无能为力了，因为尽管极尽所能地找遍所有的荒野，也很难发现它们的踪迹。能和植物或动物发生一场轰轰烈烈的战斗，是我少年时代秘密的期待，因为当我们饥肠辘辘仍不肯吃父母做的粗粮馍馍和腌制时间太长的野菜时，他们总告知只有吃饱强壮了，才能战胜门外的那些妖魔鬼怪。农村的孩子大都在这种心理的驱使下长大，单就我个人来说，时至今日仍期望有另类之妖出现，因为唯有此类潜在的对抗，方能迫使我们为了增长体力和智力，去主动做一些本来不可为之事，让思想更适应尘世本来就有的苦涩和艰辛。

所以，林场的夜晚，我静静地靠在窗户后面等待某些意外的访客出现。在捕获它们之前，我的内心已列出了无数条释放的理由，而其中最重要的一条就是放虎归山，期待它们增长本领之后再来一战，直到将我战败。这不是我自幼就有视死如归的勇气，后来我才明白，那也是初始的厌世心在作祟，用别人嘴里的话说就是活腻了。那时，场院里的灯泡通宵亮着，尽管被巨大的黑暗压着有些昏暗，但井台及附近的菜地仍在视线范围内。自始至终我都没发现过什么，但仍深信发生了什么而只因我凡胎肉眼没有发觉。（在后来的作品中，如果我书写了更多的没有实际发生的事物，就受染于那时长久凝视带来的遐想的快感。）也因此我每天都醒得很迟，往往是护林人做中午饭的声音将我吵醒。我看那人时，他也正俯身冲我做鬼脸。之后，他通常会强行掀开我的被子，并煞有介事地告诉我，凡在林场做的梦都是真的。我会一边用力拽住被子，一边违心地怒怼他：我从来不做梦，就算做梦，也尽是抗战中的英雄。直到离开，他还不忘恐吓我，说邻村又有一个男人在夜晚被狐仙吸干了，他母亲发现时，只剩下一具干尸躺在凌乱的被子里。最后他加重语气说：狐仙不喜欢他们这些大老粗，专挑像我这样文弱的书生下手。其实，我才不在乎他说些什么。让我失望的是，待我彻底醒清，我的那些伙伴早游玩得不知所踪。

5

我不相信狐狸如护林人所说的那么邪乎，但有一点我是认同的，即，肯定有狐狸在这片区域生存，要不坊间也不会有那么多传说。

从 20 世纪 80 年代自留地至分产到户的短短十几年光景里，村集体没有分下去的长满杂树和堆积乱石的荒地都被个人垦荒了，树木因为长在个别农田边角而被砍伐，然后被扩展为耕地。

农村其实只在春末秋初有绿色的点缀，余下的时光则完全赤裸裸地暴露在阳光下。我记得在高中刚退学的一段日子里，父亲曾要求我和他去河滩寻一块荒地开荒，我当时摇了摇手中的书加以拒绝。后来村民们把他们手中的开荒地都卖给了制砂厂的老板，不久之后，原先的土地只留下一个又一个又深又大的水坑。不过开荒者和老板们为此都所获颇丰。最近我还去河滩寻找灵感，面对受伤的土地我一时无语。

现在重提这类在我心目中只占百分之几的无可奈何之事，只是想告诉大家，村南的林场虽不算太大，但在当时却是附近唯一保留下来的绿色区域，当然也是本地动物最后的逃匿之地。所以如果有神秘的动物存在，这里必定是它们必然选择的安家所在。一天，伙伴们拉着我，用排除的方法开始一片片区域搜索。在林地边缘的一间破旧的水房前，他们嬉笑止步，独推我前去。屋内正对着门口的一面被柴草熏黑的墙上，一具十分狰狞的骷髅画像蓦然出现在我面前。更让我惊慌的是，骷髅右下方横线的末端，竟然标注着我戴氏的名姓。我知道这是他们和我开的一个玩笑，但仍然觉得太不吉利，我便用脚踹墙，摔门而去，回队部直接卷铺盖走人了。虽然后来我们和好如初，但那具骷髅带给我的精神创伤，仿佛夏末庄稼地里翻动过的红薯叶一样，我的内部被人残忍地撕开过。长久思考这件事的结果，我的处女诗便一蹴而成了。

> 梦中之侣，你如约而来
> 睡眼蒙眬，且端一碗黄酒
> 夕阳微弱地映红了你的脸
> 给你的周身增添了一层灵光
> 所有的翠鸟都惊奇地望向你

把你当作荒郊野地里的鬼火

我在床榻上被你唤醒

紧跟你轻盈的脚步行走，

越过勤劳农人护田的篱笆

穿过夜鹰密集的丛林

像一个刚学会走路的孩子，我紧随其后

此刻，所有人都已入睡

整个世界像座坟墓

而眨眼的星星就是吊丧者的泪珠

你总是欺骗我

当我可以抓住你的手臂时

你却倏而远去

我愤怒地坐下来休息

你又用裸体的美丽将我引诱

在人生辗转的奋斗中

我没有恐惧，只有疲劳

护林人空洞的房屋内

你悄然隐去了身影

迷蒙，找寻

在那面被灶火熏黑的墙壁上

一副标注我名姓的骷髅蓦然出现

梦中之侣，你用你的美丽

告知了在此我已亡故的消息

——《梦中之侣》

　　我把它收录在我的诗集《村庙》之首，如今重读，始觉此乃《白狐》的前身。其中的"梦中之侣"则是成长期还没学会害人伎俩的狐狸仙子。她善良地现身梦中,不惜以裸身之羞诱导我去深入了解自己目前的状况可能导致的后果:因出名无望而踏上黄泉之路。那具骷髅分明就是提前预知的警示语,即,创作之路于贫家之子乃一条死胡同。可惜当年我心高气傲,只当梦仅仅就是梦而已没有进一步分析和预判。

6

后来才明白,从童年的玩伴把我最后的骄傲搬到那面黑乎乎的墙上时,我在他们眼中已远非那个成绩虽差但仍孜孜不倦努力的追赶者了,而令我悲哀的是,这样的不同反过来又渲染了我,"远非"确也恰如其分,以致后来说了无数次大话最终无法收手。他们或去追求他们的前程,或转了太多的弯路后归来依旧种他们的地,而我注定在摆弄文字的游戏中耗尽一生。

他们从未考虑生存却活得很滋润很洒脱,可我却活得近乎荒唐。在家乡,对于老农们,我嗤之为行尸走肉(当然,这其中不包括我的父母,他们因生下我而另当别论);回到学校,对于那些同窗,我从同情到怜悯:他们无外乎为将来求得一口好饭,耗尽心力地从第一声鸡啼开始抄录,直至晚自习停电后仍点蜡攻读;他们疲劳的脸上从未出现过一丝一毫的报国志,不缺的只是因推迟饮食或食不甘味而剩余于面目上的饥饿相。我不屑与之为伍。待他们人才辈出去吧,我来独领文学之风骚。四大名著之外,结合农场的经历通读了《聊斋志异》,怎奈我也躲不过流行,很快琼瑶的爱情、金庸的江湖力压了鬼怪。当然,这与借病逃学是分不开的。不是裹在宿舍的被窝里,就是溜到校北的树林里,一待就是一整天。不过,如果追查逃学始于何年,则可回溯至中学时代,因为有诗为凭:

大油村中学三面密林。我曾逃学游荡于此，
挖黄土的浅坑便于我静卧如狗窝之蛰伏，
并以懵懂少年少有的忧虑枯守其幽暗之芥蒂。
是谁选定了我来荒废学业，使我年少考虑生死。
即便在课堂琅琅的背诵之中，其密实的幽静，
总越窗单刀直入我胸并久久盘桓不去。

那里有半截墓碑和一匹走失的独眼石狮，
读不懂繁体的铭文，便与狰狞的石狮对视；
——我也是可怕的，撤掉面皮
用想象中我的骷髅与它比最凶。
然后抚摸它的头部，教育它半掩在废墟下就
不要再吓唬那些早出晚归的学子，
不要欺他们年少及我衣冠之不整。

但假如它不听话，像牲口一样摇头，
我就以小人物的方法，来降服它。
——找一根树枝敲打它，并不许它呻吟。
期间，放牧的农人告诉我：村里的女人，
爱将她们已死的孩子偷埋于此仿如圣地。
我想，被石狮看管、半截的秃碑为镇物倒也能防止
那些刨食的野狗来此流窜。
时至今日，我也没听说有满怀心事的女人回来找过。
不断的繁衍也许能让一些孩子重新生活在一些孩子里。

那些日子，我分享多种撕扯：
有诵金刚经者要我入因缘之法门，而另有一老人，

让我品尝暗潜在空中的上善之水。

做官求学非我所愿，一方平安与否皆若

尘埃飞舞，无风自平静。

我也不想以农民的身份将追求富足

当作出人头地的唯一出路，

但我鼓励他人这么做，那是我婆娑睡眠中的百忧解。

所以，如遇密林，我总会在其中寻找

已逝事物活着的一些踪迹，我依旧

用小人物的方式观察、揣摩，以天真交换

世界最初的状态。分辨出其中的虚与幻，其中的神造

人还是人造神。

然后像严师一样，

讲授一堂无与伦比的历史课。

我一直在原谅莽莽丛林、咆哮的河水、嶙峋的巨石

对我最初的孕育。但我不会原谅改变了自然赋予

最初形态的那些石头，

因为多少次的精雕细琢已将其致死，而只徒留一副僵

硬在那里。

尽管它一度为我们所用。

——《我以小人物的方法，制服它》

7

我骄傲后来做了农人，种我的田喝我的西北风，我的面皮
变得粗糙，我的毛发变得凌乱。家乡所有的树林和可能形成藏
匿处的地方，我会预先占据，用于读一本书或冥想一些事情。

但总令我失望。既没有完成想象的杰出诗作，亦没有可遇之狐仙。我再无功名心，阅尽诗书方觉创作难。因为好的作品已被前人写尽，况今人每年有上百万首诗歌出产，我怕我竭尽心力之作仍是在重复他人而背负抄袭之嫌，结果人到中年才发现，我已无法再从头学些手艺用以糊口度生涯。到如今感情上欠鬼债，生活上欠人债，显然成为本地一个挥之不去的话题。欠鬼债幸好等不来鬼来讨；欠人债，年纪大了容不得背井离乡，又无处可逃矣。

　　某个黎明，
　　我将自己的名姓丢弃在草丛。
　　我怀疑，它曾被人用过，
　　因为在夜班的熟睡中，
　　常有一个陌生的人，用熟识我的眼光
　　向我讨债，说十里亭镇的沙代
　　久远以前欠下的。

　　我确信，肯定不是我，
　　但我不敢确定是不是我的前人。
　　因为十里亭镇现有人口远远小于已逝的，
　　也许其中就有：
　　外貌长相如我，且名姓如我；
　　穷困潦倒如我，且高傲如我；
　　狂言写作让鲁迅逊色如我；
　　饮酒失态引以为荣过街高歌如我；
　　小卖店讨烟反复记账又大声呼叫如我。
　　人生何处不举债。

也许睡眠里，一失足跌入古代欠下账的未尝不是我。

怕他来入梦，我往头上罩个塑料袋。

现实的状况是：有德者，不烂账，

但对虚无的偿还我实在无能为力。

丢掉名姓吧，

有名终会被人记。

———《丢弃名字》

  我不知道这算不算一首立志诗，单就前一阵状况来说，躲债的最佳方法只有如此的下下策能够应付得了。因为在太多的账单上，沙代的名字俨然某一种家喻户晓的象征了。这是不能否认的。

  有时我想，要是真能丢掉父母赐予自己的这个名字该有多好呀，仿佛一个在阳光中深藏不露的人。我能不惊动而模仿他人的一举一动；我能从别人的饮食里巧取一杯羹；偷别人之爱如同隐身拿走晾衣绳上的衣服。尽管仍属于夹缝中生存，可不用考虑道德的纠缠而节省更多的时间用于所谓的创作！丢掉名姓也许忤逆了天地父母，可唯有如此，才能同那些为青史留名而写作的人区分开来。被人记得是另一种累赘，何况未来的时间太长人又太多。

8

  不过，我确信我不是无德之人，不管是不是我欠下的，只要归于我名下的我都会逐一还上，如果我的诗集能够卖出去的话。但我又不愿意那么做，因为早年太急功近利一味催促，致使出版商粗制滥造，诗集无论外观、纸张都不称我意。那些诗集至今仍旧齐整地堆放在里屋的墙角处，被母亲用粗布床单罩着，想来已有十几年了。

我的困境，也是时下所有写诗人的困境，是如今的人们并不怎么喜欢诗歌了。它被更广泛的兴趣爱好所替代。剩余的人，往往结成队列要去中国古典诗词的华美神殿寻找至情至理。因为那里已经是确定的美不胜收了，何故再来费劲地像是被胁迫似的阅读当代作品。如果再进一步来分析这个问题，你就会看清这里面还暗含事理，即古典作品都是经过历史之筛的，而现当代作品则如刚收割的混杂在麦场上的农作物。想要作为嘴边的食粮还需要几道工序，比如晾晒，碾压去秆，分离杂质，最后还需进入工厂加工。以此中的比例计算，读者阅读一年或许都不会遇到一篇上品，又何谈喜欢呢？况且读者是来欣赏的，不是来帮你分拣的。

所以，我也很少细读当代作品。从总结自己归纳他人中，我专业的结论是当代人的创作都是对以往杰作的续写及细化，内容和寓意也是那种累人的同义反复。

自注册中国诗歌网以来，我才慢慢有了投稿的冲动，主要原因是敲击键盘即可搞定，再者碰碰运气，就是那种有人喜欢更好，没人喜欢拉倒的心态。之所以如此，是久已在心灵深处形成的一个观念，即，至此为止，人类最美的诗歌已全部诞生。现在的人之所以还在这条路上孜孜不倦，完全出自语言诞生之后人类永恒懵懂的原始心理需要释放。这也是我和许多人喜欢诗歌的一个合理的解释。你生下来就已是自然河流下游的人，如果你发现你身边不喜欢诗的人更多，那是他们把劳动、喝酒、美食当成了诗。这么说，希望你能理解。我国每年会出产上百万首诗歌，如果每首都有其自身圈定或外延的意义，那人生就有了意义。既然人生有了意义，你还用笔去追求什么意义？所以意义不是唯一的选项而是多选项。因为懒汉们别无出路。但假如你仍要写，仍要发表，五年之后你会发现，那仅仅是为增胖的凑数之作。所以我建议现在的诗歌刊物应该彻底废除"当下"这个概念，而发表更多讨论前人诗篇的学术性的文章。同时，我也建议眼下诗人的诗篇应交由他们的后人去发表，因为唯有长时间地将之搁置于历史的筛子里方能成为我们的需要，也值得后辈们去论述。我希望时下诗人们所有的诗作都不要发表，为后人开好这个头。

反正提笔之际我是"怕"字当先的。怕所写就的东西，因虚假的说教而辱没了先贤；怕所写就的东西，偏于看得见的东西而对不住那些蜉蝣般的微生存；怕已逝的日子回头纠正，怕良心怒视着，怕忽略的东西才是本想书写的。总之，写作有风险，下笔需谨慎。30年"写龄"，因无成绩而不敢说教诲，提点心得总是可以的，拙作属于自己，优秀的已永恒在写就处，你只是比别人早一天复述了一遍。

9

《白狐》是我唯一一篇真正发表的诗作，编辑转过来500元，终可以告慰亡母了：他的儿子曾经傻得有些可爱。

> 年轻时，母亲就对我说：
> 你不会生活，难以养活将来的自己。
> 这句话，我当时就信，至今还深信不疑。
> 或许是痴呆，或许天生就没有发育好——
> 大白天收集到的阳光，
> 我去到夜晚空寂的市场上销售；

让人生气的，是没有傍着富有的理想远走高飞；
庭院的玫瑰花美丽，一直以来，
却不知道她能够被卖出去。
但因此我也不敢抱怨她把我生下来，
反安慰她说：我过得很好，因为我痛苦着。
在她弥留之际，我后悔
没来得及让她看那些将来能换钱的诗篇，
以便振作她的死对我生的信心。

——《我过得很好》

在此，用我全部的生命感谢《每日好诗》栏目组，他们就是我上述提到的让一首诗有故事的好编辑。他们让我释怀了很多东西，比如父母的恩情。虽然有一两篇佳作不足以自夸，但对我来说已经足矣。父母的恩情是我必须要还之于天地的。我感谢世界实虚之美对我的再造。本来好好活着是主业，写诗是副业。这两者沉默平行着滑进我整个生命的蓝图。

——沙代于 2021 年 2 月 23 日

大风波

大风波一日千里地在我胸怀间奔波。

横扫心的梯田，

拍打脚的岩石，

吹乱发的蒿草。

皮肤开裂，往事纷纷逃跑。

我不知道怎样运用我的手，

巧妙地抓住白昼裹着的黑暗让自己藏身。

只是在自身的分叉处，

我想剪掉多余的部分。

它常年坠着使我感到难受，

让我不能随着物欲而飞扬。

然而，我又怕变性。

2007 年 10 月 1 日

子夜

子夜，狗的狂吠，

进入深沉的梦境唤醒我。

有一种别样的东西

借着睡眠正对我行窃。

摸着皱褶的皮肤，

盘算不断到来的苍老，

到底是一种富有，还是一种流失？

而对我们清晰的大脑来说，

是死亡总来制造伤害。

邻居屋檐的吊灯在风中撞击笼壁，

均匀的清脆声是自然的钟摆，

催促着，提示着：

首先是我们对这个世界的爱，

以及对这个世界的忍受。

2007 年 10 月 20 日

祭日

沿荒凉的小径南行，像游走于梦苑。

因为逆风，正好听进一路疲惫的前世音响。

歌唱的鸟儿飞过，她从未想过有一天

要离开，停留于眼底的事物里，

把地球的引力当作物质的引力，

悠悠而过的白云是她密致的巢。

通过呼吸分化我的是那朵野兰花，

它摇曳着，为我们的原始蒙蔽一层尘。

——有这些外界，

我永远是一种被推迟的综合。

屈原之后便没有了死亡的新鲜。

我将恢复原貌，找一条虚脉静静进入，

与生命在一起，它的温暖是我梦的源泉。

不必深入遥远的村舍，

也不必深入繁闹的街市及心灵，

我仅以远方寂静之美去概括。

它的表面是多层次的，无数人的记忆

取不完，死后必备的东西。

2008 年 9 月 6 日

母亲的哭泣

深夜，母亲在隔壁哭泣。
哭我去年老去的父亲。她是睡着哭的，
她感触不到自己，那微弱的抽泣声，
像苍白的爱情沾满了灰尘。

也许，逝者回到了小屋。
洁净的地面正有脚步轻落。
假如人类没有神的依靠，仅凭自己，
那我们的善良和爱又该如何解释。

风碰响她孤独的梦，来日，
我们会看到她宽慰的身躯、整洁的脸。
然而那些被掩盖了的声音，
却在我胸中深埋下悲哀的种子。

此时，我没有权力唤醒她，
多年后，同样的事情会发生在我们身上。

2008 年 9 月 17 日

关于我自己

我不能过多地诉说自己的不幸，

因为所来的路上那些石头抚慰过

我的身影，赤脚粘贴过露水的清凉；

生就的裸体使我处处暴露，

因为那些体毛早已旱死于祖先嶙峋的身上。

实际上，我没有多大的面积，

整个后背仿佛描绘不下完整的祖国版图；

而我的自由仅体现于对我躯体的占有，

对梦的占有，使我学会去到

别样维度的空间体验自己现行位置的深浅。

双耳放走的声响大都出自我的口，

换回的却是寥寥的先人晒干的文字；

按声母摆列，与它们一一对舞，

但尚存的遥远的温度混杂我体内的某种物质

铺就着如铭文般突现的复活。

我必须每天细数自己的骨头，

检查哪些管道因金钱的堵塞而引起弯曲；

供我睡眠的是槐木做成的，

它细腻的纹路窒息了内里的波浪。

当初，水分是怎样挤进从而滋养生命的？

我行走于任何地方，双脚总在滚动一颗石头，

——我对自己负责，也是对人类负责；

虽然现在生活宽裕了，环境在改善，

可即便人在天堂也需要拯救，

于是，我回望杂草正推翻我来时的脚印。

只要我存在，我就是公用的，

但凡后来者均有权在我裸体上耕作；

撕扯某一段来增添他们的重量，

那时，我的伤口必将获得某种怜悯的保护。

即，我死了，但留下诗作在未来岁月慢慢成熟。

2008 年 9 月 9 日

稻草人

三十七岁的我还在农村生活

忙碌于一年两季的播种与收获。

庄稼成熟时，稻草人成了障碍。

挨次把它们从泥地里拔出来，

简单地丢弃在地边，

精致的则被拖走，来年再用。

矗立在那里就是一具具精简的我，

我之外脱落其表的群生的我。

因为他们大都穿着我往昔的旧衣。

其中，恋人赠送的长衫似一面烈展的旗帜。

靠近他们，

相同血脉的亲近之感

便油然而生。

穿行其间，我不说话是种孤独，

我若说话是种哀伤。

这些无辜者，

这些过去时日尘封的叛军，

于我，如同蝉与蝉蜕。

但我诧异不已，

他们竟能借稻草来一次空前的大团聚。

而那时，生命作为一个球，

在相互僵持的躯干间传递。

传递着——比我更真实。

只可惜，那些缺少器官的头颅侧向一旁，

正把深沉的思考倾入土地。

也许他们思考的不再是自己的使命，

而是如何来承受改变。

守护着自己荒废的岁月，

守护着自己举手投足给世界造成的空洞，

身处恍惚陆离的他们而不被假化，

——不知道，我还能坚持多久！

2008 年 9 月 20 日

醒者的夜

夜应该是醒着度过的。

放眼长空，看群星在染黑的时间上闪亮，

那里平行着另一个世界。

给我十方世界十万家的感觉。

夜夜都是仿造的归宿，

如果我躺下睡觉，而不是推开门扉

沿街走进某种可视的象征里。

更像含在某物里，

被伸手可触的模糊意识反复咀嚼。

我承认，向日葵注目的

不是随意的那类人。

如今，它无面的头颅低垂，

而向它聚拢的田野、森林……正形成团结的力量，

使夜的流动时时受阻。

最终以海底植物的状态，离开原来的位置，

又不断地摇摆回来；

细微的事物或许是永恒的无眠者，

它们在空中跳跃，

从天籁的声调里挑选语言的原始颗粒

丰富自己的情话。

夜是它们

享受不尽的黑暗时代。

而其中的入睡者

相反地在宣布着一场浩大的无声的共葬。

夜醒着，天上的玉人也醒着，

她们下到人间来。在郊野或溪边

往她们发光的提篮里采摘花草。

听不清她们的话语，但从盈盈的笑声里获知，

她们是一些曾经活过的人，

先我一步摸清了这一带的情况以及活时的理性

及善的窍门及爱的趣味，

仿佛天堂也和人间相仿。

庆幸，我目光之黑没有引起她们的惊觉。

夜晚，你不要睡，趴在暗地里等，

总有离奇的事情发生，

或者怀着一颗诚心行走，你的清澈

将有银珠般的露水来完成——那是夜之泪。

2008 年 9 月 22 日

我爱平原的广阔

我爱平原的广阔，

丘陵的俯视

总引起我无尽的思索。

长长的林荫带旁是我的责任田。

那里，我的孤独

被世界的孤独常年压着。

惭愧，总是妻子在忙碌，

而我在一旁看。

农药均匀地喷洒在作物上时，

她下身也湿透了，

但她并没有停止，

一圈又一圈只待喷雾器里的水被吸干。

有时她微笑着，望向我。

当我路人般询问时，

她羞涩地说道，

她的爱人参军去了。

感谢她给予我富足的时间，

让我有空拿着一本书躺在青草上思考这个世界。

当微风欢快的语言一片片消失，

高高的植物便把我淹没在静谧秩序里。

我打战，似乎时间的回旋正从我体内穿过，

并带走了人间自定的多余形式；

习俗向我让步。而叶面

把难以承受的光芒泼溅在她身上。

于是我放下书。

在这高天厚土间，

除了她，还有多少事物需要我感激。

她似乎总能找到劳动的理由，

比如，此刻正摘去无用的叶片保持株距间空气的顺畅。

或铲除杂草，并丢弃在地脚的深沟里。

远远望着她，我的目光是凝滞的，

这个寄希望于我的女人，

这个将来和我葬在一起的女人，

给了我无限美好现实的女人。殊不知，

沉浸其间求索的我，也许会将这个家庭带入不幸。

她是无辜的，

但我无法告知，被选定的这个懒汉，

是人类中十万分之一的某类人，

他们企图凭借无限遐想的宇宙信念，

去塑造个性人类的不屈灵魂。

我无法做出抉择，

有时是无形责任遥远的吸引，

有时是她善和美此一刻的奉献。

2008 年 9 月 26 日

旋风圆舞曲

昨夜一场风将我生存的土壤

吹散，剩下的树木玩具般

挺立着作支撑之势。原先的时光

总在偷偷地诞生，我之后又一个。

不厌烦的手如时间般诡秘，

有时是低矮的土墙和古朴的家什，

对我总形成更亲切的包围。

梦，依旧用原始的触角

抓住从我们大脑中飘移出来的爱与恨的

颗粒膨胀的形态。对于邪恶

我们早已看淡，以轻柔的身姿

绕过它浅浅的湿地。

晒场上，受风的推动，遇到

阻力，我便与它一起旋转。

而阳光

无声地向斜坡堆积，短短的尺寸

需用老者额前的皱纹来测量。
它的贮量等同我人生的容槽。阴影
从脚底伸进黑管，吸我的体温。

季节比梦更长。而其长长的形体，像女人
拖地的裙带擦掉地面的污垢，
扬起的素尘粘贴我灵魂的肺。
从天堂逃出来，
受制于过去和未来，也许本身便是
时光藤条上结挂的果实，
是搜集万物魂灵的一个旋涡。跌落的过程
是泄入幼年的一个回流。

奔跑，在大地扎不下根系。
它总以浮动的轮廓夸示我们生活的底蕴。
没有一个裂缝能紧紧跟随
其宽松的尺度。以骤然的现身搅浑了万物，
彼此之间相互阐解。
向着阳光演示一个巨大的母腹。

我爱怜的女人哪去了，

没有留下脚印来提示她

离去的坚决或被迫。

在另一个帘幕起舞时，她淡雅的香气

依旧留存在我的鼻室里。我的神经

经久地睡眠于她体温的浓波。

阳与阴之间没有可通的门，

必须用生与死来适应。那些早逝者

从阴暗的角落探出寂寞的头颅

窥视我们灵魂的空缺。

大地没有罪，只善于在浅表玩弄花样，

用善良避开万物的追踪。突然

旋转体内空出一个扭曲的柱体，用于

我们与仿造者的命运，

我们与卑微者的生命，

我们与遗留于昔日的痕迹之间

开展一场拉锯似的对称，一个小世界

同样包含了大世界所有的有效成分。

像天空以仅有的边缘向

打谷场边缸的水面紧急倾泻，

而秋之阳光剪为衣裳，

穿在那尚未成年的幼体上。

孩子们，往事如果出卖，

你看你们的能值多少钱！

来自阴暗世界通畅的出口，

在人间迷失了方向，不问外部

只在自身更深处掘进，一头扎入

善良与邪恶乱了分寸的密度中，

发现全身都是：腐叶、枯枝、

废弃的塑料袋、时间干枯的老骨、

死翅膀、没有经验的浮游生物、

伤心的色彩、等待晒干的水沫、

妻子捡花生果时飞走的红纱巾、谣言及伪善。

然而这一切能够飘扬起来，

假借了你的自由。

我丑陋，于是便飞升，

想随旋转的节奏找一条逃遁的路。

你说：你进入我的空间。但大家都存在，

便彼此拥有，在感觉的时候，

已将自己无法预料地丢了出去。

晒场上，

妻子拉扯我们给风让路，

儿子用草帽丢向它，消失了，

地面留下一滴仿人类的血。

2008 年 9 月 28 日

致夜

它从容而又安详地漂流过来，

渐渐淹没了一切，不见

时间的堤岸。只有星辰隐现。

那里，方便于我们通过上帝的眼光来

看待自己。我是一个黑点，

周围的树呀、房屋呀等等都是我逃散的形式。

落下去的夕阳，

迫使我思考过去存在的真实性，

我的真实性同样需要那个高度来俯视。

夜是物质性的，无尽的

长风吹不散它那缠绵的黏稠。

不远处，低垂的柳枝轻拂着流水，

彼此呼应的蛙鸣也十分悦耳。

于是，我挽起裤管，

小心地穿越白昼难以续接的断裂处，

涉过时间黝黑的截面；

出于需求，我用夜汁洗涤双手，

洗涤长发和粗眉，洗涤前半世的似有还无。

洗涤宽额时，抬眼而望的

我炯炯的目光

正是世界握着的我的柄。

对于夜及其洞开的空间，

植物们满足于个性的张扬，

纷纷伸出叶面——探索珍珠。

某个看不见的地方有生命正被粉碎，

如果明天季节以变换的形式出现。我该入睡。

在我昏睡的身旁裂有一个洞穴，

也许黑暗的出处自有另一番天地。

2008 年 10 月 1 日

九月初二

九月初二是我最难忘的日子。

大清早，父亲出远门了。

去到远天远地的地方，

再也不肯回来。

他那么狠心，撇下我们，

撇下熟悉他的庄稼，

并让过往的风吹散了他的消息。

每年的那一天我都要过，

庄重，或者悲伤。

只要我活着，

我就要过好那一天。

安静地回到祖宅，

打扫院落，清洗窗台及玻璃上的尘埃，

并将干枯的梧桐叶子点燃。

我们努力着

恢复他在世时的样子。

梧桐枝子上悬着一只旧风铃，

那是他帮外孙挂上去的。

此刻正发出的异样的声音中，

也许有他安慰的话，

但我们已听不懂。

妹妹爱哭，她的泪水特别多，

她家木制窗棂坏了，

再也没有人来修。

泪水之后，

但愿他在西南角的某个地方，

依旧种他的地，却不要往常的辛苦。

还勤俭持家，却不要再为难自己。

那时，大家会原谅他对我们的舍弃，

原谅他改换掉原来的名姓，

并由一群不是我们的孩子围着。

2008 年 10 月 6 日

淋着的雨

淋雨的感觉是美好的，

那种自由、畅快的雨。

那种微风细雨，把无边寂寞的

风景带了过来。四周，天的味道异常浓烈。

偶遇急雨我从不会躲，

为什么要躲呢，既然它注定要来。

它来时，我万千的可能就要来了。

我期待过极限，消失，或被某个外在的意识击中。

所以，雨来我反而会走向郊野，

这是鞭策自我可图的捷径。

张开双臂让万箭穿身。

雨的中心即我野心。

但作为农人，我首先会持一张铁锹，

将循路而来的雨水

改道庄稼地。然后向更深处徒步。效仿迷路者。

而不是有着深刻理想的找寻者。

一切都是暂时的：

村庄变得遥远，飞鸟变得零落。

朦胧，是眼前的事物时间清晰化；

不确定，是那儿的事物几欲脱离空间。

每一步仿佛都是令人激动的险棋。

脚步是自己的追踪者。

我一向视自己为别人

我就是别人，如同别人眼中的我。

当我眼中的别人纯粹是别人，我纯粹是我时，

雨中忽然萌生了被裹挟的快感，

被戏谑的快感，

和没有方向的快感。

异常冷静的我获得满足，并在此，

把属于那些雨天闲暇的喝酒人和安睡者的时间

巧妙地插入现在。

世界雨中的模样或即世界的本相，

就像愁苦中的我必然是我，

其过程无非是阴云得以消释，眉头坦然舒展。

而我去到雨中也不过是

探知世界必然之雨，还原我愁苦无用之本相。

如果我巧妙地避开，

那怎么能看到万物的哭诉，被吹成的高度统一。

本质，不应由本来的样子解释；

我，不应由人之分类囊括。

所以，雨的寂寂无声中我往往会失口而歌：

来时由不得我，去时由不得我，

如果青春年少还由不得我，我将由不得我。

我自导自演，

好像行走于有着无限缝隙的大海之底。

而自认是其微不足道的一具旋涡，

无关痛痒的极小病灶而已。

因为是自己而无法提醒。

所以，雨中的那个人肯定是个疯子。

他脚下是蔓延的苦草，

他头顶是无限天际摩擦的白杨，

苦草的苦不是自愿的，它的花才香。

白杨却因固守其根，

无论何方来风都成就着逆旅。

于其中，我努力了，

尽管努力与不努力的结果没有多大的区别。

尽管在与不在雨中的结果相同。

而雨中的生命因此才算是真实的生命。

仿佛没有逆境的成功不是成功一样。

我怀疑偶遇的每一场雨都是为我精心准备的。

因为最终破坏似的洪流

也不过是自然吻合下的良性循环。

到此，一股溪流经宽额、浓眉，

并从眼角的皱褶处弯折，

最后储存进我尘世的伤口。

缘何我会有仇人？

我不值得任何人看不起。

而一生白活又必须活着时，

我甚至找不到真正意义上的爱人。

因为所有的人到最后既无法爱，又不值得爱。

和恨不同，一切的恨，归根结底是恨自己。

我不是那种你对我好我就应该对你好的人，

我首先关注的是品质。你品质不佳。对不起，请不要来爱我。我不明白什么是恩，更不懂得感恩。

我是另一脉人类中的一员，

我们生活在雨里。

并且生下来就是为终极的真理服务的。

真的对不起，我没有藏住与你们的不同。

被雨化了的，甚至被植物、动物化了的，

而至被人物化了的我，但决不被社会化了。

当衣服贴紧我的身，

当我闭上眼睛记录一些期待已久的句子。

一道彩虹最后来劝和天地，

而雨水此刻正冲散事物的死结，

使原先的蒙尘幻化为蒙恩。

但雨水所浸透的任何处所都可以埋葬我。

愿我的头颅是最大的一块石头，

被静静地冲下倾斜的山坡。

2008 年 10 月 24 日

我渴望孤独的爱如一杯酒

我渴望孤独的爱如一杯酒，

渴望异性的目光超越了她的肉体。

我的所来，于无尽起伏的丘陵上，

已将我的祖宅弃之如一条船。

如今，我什么都没有了，

包括一切的物对我的占有。

曾经，在我的悲伤里，

有那么多有价值的东西。

隔着纷扰的尘世我无法来哭真理。

不是现今提倡的，跟你们一起受苦我不知道对不对。

但即便将来的三十一世纪，

我们仍需要做好受苦的准备，扛着行李

从一个城市找到另一个城市。

如果是我们的孩子，就该同情，

可我们偏偏是一群陌生者，

看清那灼伤我们的责备的目光。

没有什么值得追忆，让我们想想父母。

没有什么值得牵挂，让我们想想那些依旧贫困的乡邻。

即使将来无所作为，

即使江东父老过早将我们遗忘。

2009 年 5 月 2 日

黑色的歌

阴影也是我力量的一部分。

这被挤压出来的公开的邪恶

于一旁，无声地挥霍着我，

并随延续的自身抹杀了未来的洁净。

它的声音集中于我，尽管摆出

同线路同步调上不同的生存方向，

企图顾全我。一个

急待拾捡的自己

用隐蔽的目光怒视着，

而我就是他完全利用掉的空间。

阴影也是我力量的一部分。

柔软、细腻，隔开我与土地，

并于我身旁放置一个长久的小片状的夜，

像一个空口袋等待收敛自己。

那里，前世被压薄，后世还没长成，

肉体的热度无法扩充，

人世的伎俩无法武装，

一个虚体，他的面孔完全挪到我的脸上。

同时融化掉我给予的全部表情。

也许，我们是互补的，我是他的活法，

他是我死亡的示范。一个真我

活在自己唯一的遗留里。

阴影也是我力量的一部分。

由根部岔开的另类存在

正回过头来尝试理解我，

并惊讶堆积在我身上的外来物质

如此之繁多。他却坚守

单薄的虚幻形式——一个由物质

诞生的非物质来领会生存的意义。

借用他，我看到灵魂

脆弱的原始模样在另外的时间顶替我，

使我背靠虚无有种墙壁的感受。

那个身陷在过去没有理由抽回的身子，

在似与非之间，

在对虚无的占有完全对照于现实之间，

借睡眠摆正我最自然的方向；

那个享受着我肉体的人，

她节省下来的生命到哪里去了？

如果说阳光被取走，

那么温暖我们心灵的信念

在漆黑的命运中必定因得不到外援

而产生一种对自身的仇恨。

一个人在身边死去。死去时

还保留着多年以来的自言自语。

唯一进入自我的方式在彼此容纳的地方中断了，

而我作为真正的别的物质同样开始于此。

时间在我的阴影中睡眠，

站立着的是我，倒下去的是黑色的文字。

2009 年 9 月 13 日

十里亭的农夫

在十里亭镇，我是没有地位的
一个农民，几代农民的后果。
努力又能怎样，总得有人用廉价的劳动
换取谷物和麦粒，看爱子们纷争我们的食。

此外，找不到一份好的工作，
以便一个人就能养活一大家。
我认为草木最高尚，它们的中药成分，
用自然的善制衡自然的恶
通过无声的作为。
但在粗略不计的得失间，
我个人恒定的身份同样受制于荒地与森林。
是谁动了我的死，让我获知
自己还有这么一座用于躲藏的深宅。
窗外，树木千百个叶片关闭薄薄的舌头，
一个专属我的盲道在无意识的朗月中延伸，
我卑微如尘土，
我理性的生活方式

于构建无梦睡眠的沉珂中，

将我毕生的求索搁浅在前世的道路上。

结果是：一些逝去的人围拢过来，嘲笑我，

将我的农具和发霉的种子拖回库房，

并告诉我时代感是假的。

因为时间太深。昼与夜的恶果之后，

我对土地深情的继承，

致使物质的补偿

看起来更像是一种现代化的怜悯，

而非对等。

2012 年 2 月 13 日

去到我爱的山峦

去到我爱的山峦，

放牧巨石，用我壮士的柳木红剑。

水做的摇篮里，爱人的躯体蜷曲。

我往她香颈上倾水，她则为我

编扎绿叶的服饰，帮我完成梦中行侠仗义的二十年。

突然的，我们富有，那是不小心；

我们贫穷，又是故意的。

拉着她的手，从蹒跚学步到曲背弓腰，

用一天的时间，我们走完了缓慢的一生。

伙伴们在狂奔，

父辈的战争，只是他们一而再玩的游戏。

青草淹没了他们，

淹没了彼此争夺着的一块

一直试图生出丰满肉身的牛骨。

战争的结尾，

我不知道他们结识并团结了多少知名的死者；

只是清风来时，我看到

从寂静的深渊升腾一条白龙，

它的嘴大如锅盖，它的须比我的腰粗，

它怒睁的圆眼凝视着我，

鳞片如风中的树叶，清澈而又光明。

而我的爱人就是一枚小小的仙人，

她把草珠的汁液滴入我的前额

治愈我凡人的病。我们都是干净的，

我们的灵魂就是没有肉体的我们的外形。

蜷缩于青草的窝，远处的流水

让我们得以找到美丽宁静的确切借鉴。

2015 年 1 月 5 日

37

我在夜空穿行

我在夜空穿行，

扇动着黑色的翅膀。

哪处的窗台无眠，我羽翼

掠起的尘埃下雪到那柔弱的光线里。

人世的宽度无边无际，

厚度却由树木和楼房撑起。

住惯祖辈的房子，把父母的劳作

当成一次漫长的经历，我，戴姓的子孙。

无须解释的是，他们给了我命，

还给了我一些养命的东西。

我在夜空穿行，

扇动着黑色的翅膀。

我的头上没有天，

只有无限仰望里的一口竖井。

多年了，已逝家族中的一些人

一直在我视觉的冰层压着，

即便我有足够长的手臂，

也无法搭救他们。

我的母亲，夜太黑，我无法看到你，

我无法拨开夜汁追赶你的穿越。

匆匆而逝时，你竟然没有带全你自己，

你留下了三分魂魄在儿身上。

有那么一周，我都在飞翔。

我飞翔，在山神、水神、树神的夜歌之上。

2015 年 1 月 26 号

小脚印

我在芦苇丛中行走，

找寻昔日遗失的一枚脚印。

一枚小小的少女的赤脚印，

空荡荡的，只有踩着天空的一团云。

阳光下，远处的山抬高了陆地给我看。

伤心的连接，现今的世界竟大不过童年所见。

当微风吹来尘世颗粒老化我的面孔，

影子的心跳加剧了世界面前的我的颤抖。

一枚小小的少女的赤脚印，

走成一排停靠在芦苇丛中的船。

紧随其后，用未成年的时速，

我试着做了她三个回合的君王，

在垂柳密致的帘幕内。我们仰望长空，

何处的高度空白即是蓝。

如今，我驻足以往水在的地方，

却钓不到你灵魂的鱼。

2015 年 2 月 11 日

南坡露骸

庭院泊着夜色，我的

关于先辈的思考将由它来转载。

因为、南坡

被雨水冲出的残骸冒领了我，

并时时带我返回他那累人的梦境。

那个雨季，

我刚好思考着死亡的话题。

而越过屋顶的老梧桐

用多汁的斜纹结构，

在窗外裹紧着属于我的棺木。

其叶面的千张手掌叠搭蓬松的金字塔；

暴露的根部，则如老牛粗糙的犄角，

向下的探势几乎就是那牲畜在缓慢地饮水。

它的长势同我活着是平行的，

并随时准备空出内部

来安置我。

只是不知道，

死后，死亡又能保存我多久。

因为自那日同众乡邻一同围观一副骨骸，

我就一直惊惧于：

支撑我又受我滋养的竟是同样的东西。

当时，我就站在外围，

前面的几个人形成动物园的铁栏，

从他们活蹦乱跳的肩膀中间，我望过去。

在一处塌陷土地的截面下，

那发黄如蜕皮的湿树枝般的颅骨

整个显露出来，旁边散落着不多的骸骨。

注目时，我分明是在观望，

自己遗失的，

正被他人指点着的，

又不敢当众承认的一件极度隐私的东西

怕被认出来，

仿佛我无尽思索的分身中，

有他另一副尘世的样子。

一句话，仿佛我自他前世分离的灵魂长成。

在此出现，许是他前世的伏笔，

但路边显露之所在

是顺势的斜坡而非谁家的坟丘。

所以很难帮他找到中断许久的身份，

使其在突现的今朝依旧拥有过去时日的归属感；

又因为颅骨的破损拼凑不起大致的轮廓，

我无法凭臆想在周围的居民中间比对。

所以即便冥冥中存在遗托，

我也无法完成。

祖先不是随便会被认下的。

当然，尽管我善笔，

也不便予以彩绘而悬于墙壁或梧桐树下

充当艺术品，

因为虚设死亡的消耗已够诗人们疲惫。

所以我思忖：

四周空间是均衡的。

无论你朝往哪里去，

你都处于生命的休眠期。

你的前面，不是节日的日子有着怎样可怜的一张脸。

比黑暗更模糊的命运基色里，

你将找不到真正意义上的后人。

你前世预留的终不过是一场无功的往返。

不会有人来哭你，也没有人借助黎明抑或黄昏，

用一张干净的白棉布

裹起你而后放进他们的衣冠冢；

即便是异性，也不存在一顶花轿接你去配阴婚，

然后葬你如葬一把稚菊。

所有人的死都不必靠以往的故事再造，

何况现在的你更是一半泥土一半石。

若你是过去的忠臣良将，

不甘曾经的屈辱而枉出轮回。

像股风，以武力驱策树木，却发现丢失的疆土还在那里，

像团寂静，又以文治来扶正，却仍旧是走不散的民众难说服。

现实的境况是：

在不完整的自救中，

在某一目保持的茫然凝望里，

不断聚拢的白云好似一卷无限裂展的圣旨。

檀木匣子里的免死金牌，

则沦落为一段皇家罩不住的佳话做就的谎言。

是的，没有哪一刻比此刻更具荒诞性。

活着和活过交融在你空荡荡的骷髅里。

我工作之余的秘密写作也从神圣的库房直坠为一地鸡毛。

对于他人，我或许有过相对的真实，

可我对我，哪一天不是在虚无中度过。

多少次，我曾进入姓氏秘密的隧道，

在无边来源的一个如书的据点里，

我探知了祖先的无限德事，联想我的所来，过往，

和某一天归去，无不诧异于

现在人的无德、无孝、无耻而仍然能够立事。

我痛苦地分析过遗传学，一个人该怎样用人类自身的葡萄

去证明时间不是东西方的经纬之差，

而仅仅是不断死亡的厚度。

没有结果，或者结果出现时，

等待良久的我睡熟了。

醒来，依稀记得，所有的遗传学都是无用的，

因为一批替代另一批的永远是原先的那群人。

虽然无人承认，或无人肯如溯本清源般，

往实际生存的深处卸置一台抽水泵。

事到如今，我不得不告之：

如果你真心要来，

你还须从孩子开始，

还须降辈，

及随另外父亲的姓。

你再来，于你本人已无实际意义。

是另外一个人，

你说你蓦然重现又得到了些什么？

同时代的人都死了，

独你活着，你是否更孤单？

雨水静静地冲洗。

在南坡，你凄迷如一朵白花盛开，

斜风摇曳着语言，

你诱惑善思人合葬。

是的，我就是那个在人类中凑数的善思人，

因善思曾导致过乱思的那个人，

悔恨反复做自己叛徒的那个人。

我不是我生活的主角，就像谢幕时发现的剧中人，

都是另一些人表演的作品。

我一直被某个熟悉的身影所左右，

他用阴影的吸管吸走了我行为价值的精髓。

纯粹的我变成多层次的我，

世俗又试图不世俗？

所有过往的作为，哪些是我做的，

哪些仅仅看上去是我做的？

而所有我用过的表情在我面部发生时，

是埃尘的印染，还是真实氧化的烫伤？

或许能提供一些想象，如果那副骨骸肯坐下来对话。

而此中的成就感就在于，吸引了我就已经满足了我，

被清零，变得干净。我伸延过去的手

无论会不会被定性为勇猛，

都将义无反顾地合上那骷髅丧失的嘴唇。

遗憾，死亡已经教会了我很多。

至少我是这么认为的，最终所有人都不会死在意义上，

尤其像我这样的小人物。

虽然我的灵魂可能是个大人物。

因为一直以来，超强的理解力，辩才，和极度的进取心

都增加了这样的一份信心。即，

一降生，我就是父母、整个家族孕育的一个伟大人物的胚子。

超越四肢发达的动物，我就已经是个人物了，

之所以一如既往地平凡度日，

乃我身居人类之中的缘故。

感激上帝及我佛在蚁群中

没有具体区别哪只不同。我混生活，而不必躲着，

可我又不配感激谁，因为没有能力。

或者只是在无限期地推迟。

也许在生存的水准上，我另有其他的回报方式。

没有人能懂一个中年人喉管里的童音，

没有人能懂这被加注的童音在静谧的夜晚

从死亡深刻的教义中，读出一个丧命于路途的亡魂的可悲。

因为死在路上等同死在家里。

老早我就有了厌世心理。

但我很快乐。因为我仍旧活着。

我曾无数次戏谑那些多舌的村妇，

众多的死亡方式中，适合我的只有她们晓得。

地表之物不为宇宙所有，而是清晰明了的人间，

我所有的诗行都是无用的添枝加叶。

都是病态的胡思乱想，

都是错觉。

那个从各类虚设关系的真实维系中摆脱出来，

沉在黑暗深处并被潮湿所腐蚀的，

本就是一块形同人骸的石头而已。

被我无限放大、同化，

甚至替死者体会死，

无不体现我一直不愿承认的我对死亡的恐惧。

对生的恐惧，则是依旧深陷无尽相同的日子让我过，

而我却不能变通自己，

即便可能的科学且理性的生存方式。

因为文字的存在早将我弄乱了，

什么是最佳的创作，

怎样让那些不再读诗的人们眼前一亮，

如何使院内的梧桐树长出柳叶，

在混乱的疑问中我将要睡去，睡时紧握一支笔，

以便记录梦境中可能出现的佳句。

像程咬金学会的三板斧。

父母为什么给我们起名字，

既然传下来的姓早在有我们之前就将我们固定？

但我仍会梦中惊醒，

从床上书堆中坐起，过去是族中的先辈，

现在是那副骨骸，透过漆黑的窗口斜视着我，

研究我，

似乎有所托，

似乎因生命的吸引而怜爱一个活人而把我当婴儿。

通过我的脸，

他或许正在思考自己那张久已遗失的面皮，

如今正在装饰

谁人的脸。

或被谁温暖着，被谁亲吻着。

像我活着也可能存在的那些方面的缺失。

但我不需要他告诉我什么。

真的，我什么也不想知道，

既不想了解带入墓穴的他个人的高度隐私，

也不想揪住他貌似还阳的不道德来做案例，

更不会计较他带给我的彻夜难眠。

我们只是同一个事物的阴阳两面。我们毫无关系。

我唯一的饰物是祖母留给我的一把廉价的长命锁，

（她不像父母那样恨我）

在墙壁上挂着，它闪闪发光。

它唯一的作用是辟邪，并时刻保持着高度的警觉。

尤其针对祖先的行列。

明天我要选个地方将他深埋，

要不有人会以不孝的罪名惩治我。

而不孝的罪名承载了太多的事实。

2015 年月 12 日

摇辘轳的少女

夕阳下，井台摇辘轳的少女是我的恋人。
是早年答应嫁给我的
梨花的姐姐，桃花的妹妹。

穿着那件买给我看的浅红的衣裳，
柔软，飘逸，她为黄昏所依恃，
又形成一个重心。从远处看，
只有一团寂静的火焰。
水桶从未挑满，
余下的空间留给了她甜美的歌声。
爱我是她的秘密，
风于梧桐枝头关于她情人的描述只是道听途说，
非人间所有。我却是个实实在在的庄稼汉。
不会写诗，
把她的纯洁不比作雪，温柔也不比作月。
只会在她偷偷同我一起劳动时，
冲她微笑，或在她溪边洗衣时，
投以石子击水来招惹她。

如果她回头，我就会说，

爱人啊，你有一双火与水的眼。

夕阳下，井台摇辘轳的少女是我的恋人。

家乡所有的溪流源自她清澈的眼，

花朵则是她体香的扩散。

但愿对她的占有是有罪的，

但愿这种罪被不断到来的黄昏遮住。

2015 年 4 月 20 日

清早

鸟儿婉转的清早我睁不开眼，

因为黑夜还挽留着我。

外面的阳光很和平，我不想醒。

不想醒，睁开眼看错一件事情于太阳我是有愧的。

我知道，今生我只能这样了，

坐实在自己的虚幻中，并不是谁

叫叫我名字就能把我唤醒的，一个类似的人。

我若出去，必定有人看出我的心事。

我是夜晚工作的，一个伪诗人，

我说，二十年前我就死掉了。

这十几年来，活着就是我所偿。

2015 年 3 月 5 日

迷于花间

原野无垠，落我为叶落你为花。

被风逼退着，我用叶之男来抱你的花之女，

来抱祖先根系上生长的你，你的清白

被我隐形的裸体打开。

并假借蝴蝶之翼采了你心深处之蜜，

你的甜，如东风破了土地的冰封。

我用许多的裸体来拥抱花之女们。

我挑选她们，并洗去她们面部的胭脂，

从她们母亲身旁领走她们，像一件件艺术品。

我是个伪诗人，

我时时用男之叶掩盖女之花裸体的

那让人欲望的部位，

而不发一言。

2015 年 9 月 5 日

自去冬一别

自去冬一别，我便老于风。

老于风之冷，老于风切开孤独时

发现我痛苦之水善养的鱼是

一些蜂窝状的石榴子。我尚安好。

我尚在十里亭做着我，尚没把自己做绝。

我知道，我并不适合现在的这条命。

我的身高不过是废纸一叠。

自去冬一别，牧羊女

就把她的羊群赶进我的麦田里。

放弃遥远的粮食，

我只愿做她现实的草。

2015 年 10 月 5 日

惯例

这是我的惯例：携茶一杯，步入黄昏。

黑暗沉静的内部如表白，我衣着亦如裸体。

当风吹开夜之丝绵，芦苇荡的

水通过反光，在我体表做着无水之流，

我或借最后看到的感觉在簇簇而立的芦苇深处

消隐自己，或通过活泛的眼，

看假如没有自己的这一片。谁的动，

惊扰了夜的空灵。

像垂柳凭借无数的丝缕分化黑暗的桩，

我通过散步

来散失，

通过无数迷途似的往返拓宽尘世的心境，

其慌乱犹如星辰坠落。啊，那游离的垂丝。

但在平静的行走中，仿佛每走一步

都能引起无数生灵的注目。我身边

似有定格的集市，有，

野鸭、水鸟。

顺应孤独的线索，

而至薄暮浅浅的切口，小当一枚枚黑暗的不慌张，

因善于躲藏它们不用躲我，

并以偶然的鸣叫暗示——同在黑暗里，

我已被归纳为它们的一分子；

同时，看惯我这个行将老于

家乡的游子

那副虚假的脱逃在无数次自我背叛中，

向苍天所表之心，

终不过是一场犹豫的叹息。

没有东西会被承认，

仿佛夜里的无眠也是一桩罪过。

但已无法改变。

蹲伏下来，

如抚摸遥远的青春我触动水面，

无论怎么努力都洗不干净的身子

只是一个简单的存在而已。

这是我的惯例：去薄暮中喝一杯茶。

一杯茶而已。

2016 年 1 月 16 日

等待的人

在十里亭镇，在下着雪、被冻住的十里亭镇，

我在等最后一辆公共汽车。等车里的人，一年也见不上

　　几次面的人；

陌生的人，只是他们的面不同而已。我寻找

小小雪花里的天，天的片段，那些匆忙脚步的片段，

我无论如何也联系不到的，人的片段。

靠在电线杆上，行人如熊般走过；街的拐角，一对年轻父母

在帮孩子挂门前的红灯。我看清，

年末，时间的新如何弃我如静物的陪同者，如一幅素描挂历。

其实，静物是我的陪同者。包括浩大的天地此刻都同我

　　站在一起。

在公共空间里，我善于想象如果我是所见过的每一个人，

我又该怎样去续接他们的故事。

那个浑身洁白的女人，正用红围巾裹紧她的脖颈，

而同样被遗弃在路旁的雪砌的辨不出性别的人，

——不受制于时代，

用其曾经的人性填补了我久违的天伦。

当破旧的行李卡住车门，那个用力拖曳的人，

或许就是我等来的人。像我们的父母，我们的子女，或

是我们自己，

冒着寒冷的衰败为团圆而来。

2016 年 1 月 17 日

老少牌位

入夜。我同一个已逝的人谈话，在没人住的我母亲那屋。

他是临时住进来的，满身的干草味像失散的味道，

也许是循着血液而来的家族里的人。

因无心而在那里颤抖；因无面，我不得不

去相册里找。我发现，他是一个混合的人，

男背后的女，或妻背后的夫，或父背后的子。

那些灵魂粘在一起薄如一张纸，纵我有生的几十年，

村里竟死去了那么多人。数都数不过来。

那些抱过我的，或看着我长大的，

我能喊出他们的名字：那是煤气中毒的邻居大伯，

这是出车祸的东屋婶子，旁边是老去的奶奶。我如长辈

    一样叫醒他们。

和降生时一样，赶他们到院内乱哄哄的席面上。

投一些秕谷，喂养他们的灵魂像一群鸟。

但我独独留下一个瘦弱的女人，

一个哭声像音乐的女人殁于 2014 年 4 月 22 日，

我洁她的面，整理她的云鬓像我的一个女儿。

2016 年 1 月 19 日

风筝误

一只鸟盘旋着。

其上，白云做的巢正被风带往远方；

其下，牧羊犬追逐，孩子们倒退着前进，

后面是他们年轻的母亲。

一条柔软的丝线串联的这场

整体的运动中，那高高在上的，

不是人之物，更像困于飞翔中的物之人。

我——落单下来的遥望者，

在时间的底部尽情地凝视着。

因为那条线的存在，仿佛我也逃不开。

并且逆着自然的风向，不得不时时错列着。

天空，倒过来的深渊。轻荡的微尘、落叶、

忧伤的风都往那里还原，我百般的过往也在那里拓展。

似乎我从未失去这样的权力，仅凭单薄的几页纸

就能去遥远的世界占据一份之地。

也许，这样的观念比我本人重。

当我疲弱地倒在草地上仰视时，

孩子们早已散去，而那个模糊的身影正固定于

附近的丛林。它的高度是深度，

它腾飞的形式是我企图坠落的一个常态。

天很大，能容纳很多翅膀。

但高过普通人的那个界面，

似乎不太适合生于斯，长于斯，

最后定要葬于斯的我之志。

某个高度也许有寒，

所以应握紧我们手中的线，以免为之欢欣的梦之鸟

落难为无可挽回的死亡之标本。

2016 年 2 月 15 日

中药的味道

母亲病故，葬于村南祖坟。
槐树下，与我那可怜的父亲重新生活在一起。
不知道，她会不会向他抱怨他们的儿子：
她死时，他似有一种解脱。

不能否认，我一直适应不了中药的味道。
自她病来，庭院就弥漫着植物腐烂的气息，
令人生厌，但又不得不一夜、一夜地熬制，
直到事物的本真分离出来。
虽悟不出必然的关联，但相生相克的物理系数
被我分批次地灌输到她的体内。不能否认，
医治她时，有那么一点点，我是做给乡邻看的。
因为当乳黄色的液体端到她的嘴边时，
我从未先尝尝它的凉与热，它的苦与甜。

因此我说不出那究竟是什么味道，
无法感同身受。我的孩子们也在一旁注视着，
当她颤抖着下咽时。但她已不能说话，

只能遵循她的目光，在旧松木衣柜的最底层，

翻出我们小时候的小衣服。

干净如初的小衣服，现世之中带有来世的印迹。

啊，襁褓的味道，孩子们四散着逃跑了，

但她长久地注视着。

她离世时的面庞是从容的，

她浑浊的目光视我如慈父。

2016 年 9 月 6 日

雪地独行

我和他在雪地里行走

跃过腐朽的横木和被积雪压弯的蒿草

走向远处的河流,一前一后

我是他孤独的平行

当河流的黑暗压弯了远处的地平线

当薄雾静如高山,

当风拍打面部像母亲责备的手掌

当现今已消失了原始,除了死亡的单一

当雪仅遮掩了污秽,不管脚下的土地是不是故土和祖国

我们前行,以苍老如退却的存在

保持着最佳的行走斜度

2016 年 1 月 26 日

隐匿的爱

我在考虑要不要接受芦苇幼芽

隐匿的爱，那来自黑暗根茎的光明企图。

但就在水塘边，生命消隐时，

生命就已留下用过的躯干占据阳面的祖居地。

远远望过去，干枯的芦苇像密密麻麻的竖戟。

当然，幼芽们懂得，何时的出头

方能配合天地间适时的运转，而次次

借口死，时时为生找寻一个合理再生的理由。

于是，黑暗的根茎在亲吻，

黑暗的根茎探出绿色的头颅于

遍布去年尸体的缝隙里，向我索要

生命的平等。而我能给的

仅限于一束活人的注目。

或者加上一些悲悯。我悲它们的悯，

它们悯我的悲。但我学不会，

芦苇把自身当替身的百般本领。

十里亭镇太小，我的位置上挤着

许多老农意识，守着公共的这片天地，

我活该是

漆黑的夜间最晚睡的人，

并且是那个最受伤害的人；

在一生漫长的消耗中，我愿意

时间上游的某某某将我视为他自己

一个没有做成的希望。

我躲不开的，他的又一次失败的活法。

但我首先想到的是，值得爱的女人并不多，

值得恨的男人遍地皆是。一个春天，

惨遭庞杂生命的抢夺我只做冷眼旁观，

我愿意谴责从我扩大到所有人，

因为狭小范围的爱而忽略了爱人，

所以我做不出，庞大春天带来的利益之评估。

冬眠的越冬者也该有一份尘世的情，

那就让它们通过我们的眼睛萌芽。

2016 年 1 月 17 日

最后一晚

十里亭镇的最后一晚，

我凝视着不断掉落的梧桐花，

像倾斜的酒杯，如同告别。

明晨，我将启程，去到北京漂泊之地。

久居此地，田园生活已令我厌烦。

拥有一颗不能安定的心，

我知道，生下来我就属于外乡。

我很早就准备着，希望到外面走一走，

但我一直难以成行，因为一个女人

已将我踩在狭小的生活中。

我全部的工资用以

抵偿她免费的饭食，和她免费的过夜。

2017 年 4 月 8 日

食谱

我一直吃阴影，在紧挨森林的小溪旁，

我吃它最黑的部位。

我洗净了吃它，当着天空的彩霞变成乌云。

像棕熊吃它的虹鳟鱼，我撕裂阴影。

从天配的组合中退去自己最虚无的部分，

品尝其味道。原来，自我苦苦又涩涩。

但我惊诧于他的安静，从未挣扎过。

它的骨头只是一把永恒的灰烬。

我的嘴唇是黑的，我咀嚼过

十里亭镇最美丽女人的秀发。

后来她嫁给了别人，

而我靠打工度日。我不计较前嫌。

自己的阴影，不必付钞票，

可它之薄却令我找不到。

2017 年 4 月 11 日

浓荫里的远眺

麦穗在连日的暴晒下一片金黄

风涌来，似乎要掀起巨浪

游走的牧童唱歌给农女听

红纱巾飞扬处，放置他们午间的饭食

啊，农女，你喷洒的农药比花还香甜

我对世界的要求并不多

满足于有这样一群后代

在自己的土地上能自由地播种、收获

可如今，我老了

因不能劳动而羞于说话

在寂静的浓荫里，闭口不谈

2017 年 5 月 29 日

等待

我在等待垂柳对我的入侵，

等待无语的溪流漫过我的身，等斜坡上

奔来的风，等它将我理解为低矮的丛林。

我等烈日的照耀，

之后便是月亮的清辉。我等玉人来，

她将一份山河的礼物放在我脚下。

世界对我说话，我等一位译者的到来。

我等睡眠，等到的只是遗忘，

我等清醒，却错过一系列的静修。我等

时间上游的消息，母亲召唤时，

我已等到和她一样的苍老。

等到油葵成熟，

我就等到了逝去的日子再度归来。

2017 年 9 月 18 日

盘坐

黑暗的床上，我享受着电扇对我的撕扯。

虽是深秋，但依然有一团火在灼烧我的魂灵。

我不敢开灯，像罪人躲着他的罪。

思想的罪是意识强加的，由不得我拒绝。

存在是美好，痛苦也是美好的一部分。

我盘坐，万事万物围绕着我，最后都被我驱离。

天空在敞开，我独自兀立。

我本没有错，仍需要悔过。

2017 年 9 月 18 日

一只鸟

昨夜，一只鸟来啄我的眼睛，

她以为那是黑暗的果实。

她饥渴而来，像箭一样，

用长长的喙，取走了我眼中的玫瑰。

今秋用于酿酒的高粱被取走了，

眼眶内只给我剩下一坛清水。

我不知道，无物之于我是不是一种失落，

但空旷、辽远的世界再无我所需。

一只鸟来取我的梦，

那是关于虚拟人生的一处软组织，

我曾潜伏在那里窥视世界的秘密；

在另一场景的可能中，用一张古老的布

将我无人知晓的无能悄悄包裹起来进行再造。

一只鸟来取我，

当长长的喙触碰到我的皮肤、我的骨头、我的心时，

她将明白，我的梦比我要真实：

虽然身在这个世界，但我却属于另一个时代。

任何事物都无权对我做出令行禁止。

2017 年 9 月 21 日

院内梧桐

梧桐树，爷爷种的，

枝叶霸占了小院的天空。

使我对时间的理解只有黑与白。

当然，这不是谁的错。

所以，其下纳凉，我不谈高度和深度，

只谈主与仆。只谈血的颜色和生命的清淡。

大家挤在一起，对季节的理解正好相反，

那往往是，它越来越单薄，

而我臃肿有加，

它抓住天空，我走不出瘦长的胡同。

但我们一直没有在意彼此的存在，

即使那低垂的枝叶无数次地对我造成伤害。

我思考，远古

遍布莽莽丛林的混沌时代，

老祖宗们怎样驯服它体内一系列野性的纠缠？

即便随风摆动，它仍安静祥和。

院子太小，埋不下盘根错节。
所以我的祖先们都走了。不过，
我胸中的清贫之地倒还空着，只是不知道，
人类现今的品行、德行配不配养它。

2017 年 9 月 21 日

饥饿的鹰

它展翅，
平稳地划过我的祖居地。

靠近森林，我是树木；
靠近河流，我是岩石。我消失在
它把我看小的地方。

静止，如时间垂下的铁锚。
它的风度是其高度，陆地起伏
对应于羽翅的波动。

我以云朵来观望天空的洁净，
以鹰的来临查看世界的清晰。
尘埃下降，空间明朗之时，
逆着风向，
它巡视了丘陵、森林和平原。
也巡视了人类的习俗，和一日三餐的仁义礼智信。
尽管善于隐匿，

我们体内的鼠辈已被它洞悉。

我承认，

祖先几乎错误地

定居在它们圈定的领土上，

几代人的努力只是在偷窃它的生活。

2017 年 9 月

外星人

子夜，我恢复原形，

在十里亭镇的北郊晾晒我久违的本来面目。

沿北斗的方向，

我之升腾如一场浩大的沐浴。

微微寒意浸我心。

但黑暗的攀越、夜晚天空庭院般的漫步，

已将万家灯火的世界丢弃在一粒尘里。

群星分开，

银河系不太远，

如果真空放入一缕风，我灵魂的梦想将洒满多重宇宙。

上升，下降，平行，迂回。我触碰星际间的引力

如撩拨尘世水之丝绸。

存在，不以物质的形式，如意识，其中又有着等量的拒绝。

空旷无际的缥缈深处，

所有的色彩是那样的真实可靠。

回首而视：太阳系的边缘作为时间的边缘，

那里时间失去磁性，时间慢慢散作颗粒。

追赶上时间就是复活，

看来是荒唐的猜测。

我之为生始于何地，我之为人，

又是怎样的一双手拨开群星的簇拥而将我深埋于人类的
    血液。

来路不明，怎样的行事方为堂堂正正。

我该不该将人母珍视为母，

而从我父手中承接祖传下来的生活时，

发现，我终极的个人使命大于人类使命。

暗物质袭击了我，

如一把利剑穿我而过，却了无伤害。

是目视还是感觉，我分不清。

所以属于我的爱，我都不敢爱；属于我的恨，我都以长
    歌相回应。

森林，河流，崇山峻岭依附于独有的球面，

我深藏其中的姓氏，辈分，及血脉的继承关系估计都是假的。

孤独的胎记，如能指引，我会飞向更深处，

时空扭曲之力错综复杂，即使前进的方向最终落进直线

型的圆形。

但我只能如此，因为我体内居住着一位渴望本性回归的
外星人。

做我之前，他就已存在，

存在于狮子星系、仙女星系的宜居带里，

那里同样有启明星和北斗七星，

有同样的上帝躲在他的善里。

2017 年 10 月 2 日

无法言说

今天中午，低矮的老榆树下，

我终于等来了我的阴影。他是去年不慎

跌落悬崖的。当时，他没能

死死地抱住我，而我试图搭救时，

他光滑的手臂从我的手中脱落了。

光秃秃的岩石旁，我只抓到一把空虚。

整整一年，他带着我在陌生的地方流浪。

他逢人就说，我是他天生臃肿的残疾，

是他无法摆脱的活法，一份永恒的凝视总使他不寒而栗。

那些夜晚，他是哭泣着入睡的，

而我沉默的目光已将他视为一枚阴暗的蝴蝶。

我不知道怎样解释、宽慰——就像我身体内的先辈，

虽然同在一个地方生活，

却非简单地重叠。

他的伤痛一直没有痊愈，我也不能

以我实体存在的证据来抵消烈日下他虚无的融化。

但往往是他貌似的单薄拖曳、指挥了我，

并先我为我早年的荒谬向遇到的每一个人致歉，

他过早泄露了我，仿佛我的罪过不是他的。

当他顽皮地归来，

我的一切本真已被掏空，

我无法记恨他，那等于自我毁灭。

2017 年 9 月 20 日

野花

我确信，清清小河边采不尽的野花是未长成的少女。

我确信，她们替上天演练完美而又高尚的生活。

我确信，她们的花朵都是盛开的伤口，

我确信，她们需求的只是一份扎根的土地而非残忍的争斗。

我确信，她们只向这个星球索要而非他类的生命。

我确信，她们爱自己是受制于干净的天性而非私欲。

我确信，她们倒向风的方向是受命于自然而非随大流。

我确信，她们不会在乎谁的看法，不会对异类睁开慧眼。

临水而居，她们的秘密之美在光天化日之下以集体的摇
　　曳唱着感恩的歌。

——那无语之美惊天动地。

2017 年 10 月 21 日

十里亭的夜

十五层楼的窗口，我几乎把世界看尽。
但我现在只谈夜，谈亮起来的灯，
谈回归的声音，谈消失。
谈其中的一个人是我，在市场的门市或酒店的
休息区为最后的讨价还价寻找黑暗的借口。

时光沉淀下一条街，水淹没一般，
人群的攒动有了黏稠度。
夜是脱掉汗衫和官服的真空区，那里，
树木等于岩石，流水等于沙滩，
窗台等于气泡，一排排的街灯开放着棉花。
一个窗台为我胸中的画布取景，
可取不尽星辰之苍凉、乡村之外延、楼宇之突兀，
以及亲情之无奈、告白之迫切，
当卖酥鱼的小贩扇形的吆喝声散播。

节能灯下，我独睡不着，
我的睡眠，必须是

漆黑的夜色如死亡的细沙一样轻轻地将我覆盖。

这种夜晚必须是纯净的，

没有一点声音闯入的，

甚至没有我的呼吸和心跳的。

思想上要放弃，但双手还死死地抓着

一条小巷的黄昏，我的孤独，

并没有因十里亭镇

人口的增加而减却。

生命之寒就是宇宙之寒，

就是我站立窗前

眺望闹市而体会到的以往朝代

没有我的那种感觉。

2017 年 10 月 25 日

告白

对十里亭镇的舍弃
我完全是一副小人物的心态

腻烦了浑浊的流水、无阻挡的风
我没有能力改变其中之一，包括我自己

岭南土地被老祖宗反复耕种过
站立于他们的起点，我只能做个观景者

住惯的祖宅里，我尚不得理解
辈分的阶梯，我替一些虚无的人在感知

我无能为力于一些乡邻依旧用老式的
目光将我的改变视为不肖

哪种方式适合我——消失于暮色的土地
或飞鸟的阵群或实名制的车流

地图上找不到的十里亭镇

只是我扔掉的一副旧餐具

2017 年 11 月 3 日

陌生的人

秋风滑过的岩石上我在等

一个陌生的人。

我的背后，总有他靠近的脚步声，

颤巍巍，如踩在泥泞里。

我始终不愿意一个人，

一个人的结果只能是农村

无灯小巷里的自言自语，只能是单边的争论、独享的黄昏。

一个人，怎么能平分宁静的街道，

怎么能平分老槐树下石板餐桌上畅谈的天下。

一个人踩不出一条道，

归途依旧要迷失。

于是，我驻足等，

即便等到的仅仅是一种声音，

即便这种声音是自己脚步的回音。

一个陌生的人与我

更容易形成一个队列，

这一生，我确信，

一直是他

在维护着我黑夜里的想象，

用复制的英雄模式为我无数次的独行壮胆。

2017 年 11 月 7 日

熟悉的女孩都不漂亮

初中时，媒人搭桥，我同一个女孩见面。

在我姥姥家，她坐在炕沿上等我相看。

我是下午放学后去的，母亲骗我说，姥姥想外孙了。

跨进门槛时，屋里有一个陌生的女孩。

我害羞，不敢抬头去看她的脸。

昏暗的屋子里，红格子外套装扮的女孩鲜艳而又神秘。

母亲知道：熟悉的女孩我都觉得不漂亮。

因为茶余饭后，凡是她提到的某某妮子、某某芳……

我都认识。她问我怎样。我会按照省事的思路

回答说：一般。

我的邻居，村长的女儿暗恋着我。

我见过她小时候脏兮兮的样子，所以，

当她在小巷拐弯处伸出少女的手

拉我衣角时，我装作没有看见蹦跳着逃开了。

见了一次面，我就和她订了婚。

她的脸型、秀发、身材我都没细看过，

就断定了她那一见之中的朦胧美。

一个不认识的家庭，由陌生的大人养育着的，

一位不太熟识的少女是我未来的妻子。

秘密之美，美好着我的心。

我爱着她，像爱着未知的世界。

即便婚后很多年，我还在诱导她说出，

我所不知道的她少女时代成长的细节，

和心理上曾有的秘密的渴求。

我女儿出生时，就是个小老太婆，

多皱的额头，稀疏的头发无异于她的祖母。

初中定型后，她在家那拖拖拉拉的懒散样，

我真发愁将来有人会看上她。

直至有一天，一个男孩带着家人上门提亲，

并对我说她很美时，我心里还在犯嘀咕，

她哪美，她哪美——头发染的黄，脸增的白。

天呀，那个男孩有多傻！

婚车把她接走，我的心才放下来。

把她这个小包袱塞进一个互不相识家庭出生的

比较面生的男孩手里，我如释重负，

并且一再要他发誓一辈子不后悔。

我甚至都不忍参加她的婚礼，

因为我不想看到她和她的母亲在亲人的祝福下哭泣，

那样子一定是丑陋的一家人，

因为我端着酒杯一旁也会流泪。

两个女人熟悉的眉宇间，

一种持之以恒的陌生的美第一次呈现。

2017 年 11 月 28 日

丢弃名字

某个黎明，

我将自己的名姓丢弃在草丛。

我怀疑，它曾被人用过。

因为在夜半的熟睡中

常有一个陌生的人，用熟识我的眼光，

向我讨债，说十里亭镇的沙代

久远以前欠下的。

我确信，肯定不是我，

但我不敢确定是不是我的前人。

因为十里亭镇现有人口远远小于已逝的，

也许其中就有：外貌长相如我，且名姓如我，

穷困潦倒如我，且高傲如我，

饮酒失态引以为荣过街高歌如我，

小卖店讨烟反复记账又大声呼叫如我。

人生何处不举债。

也许睡眠里，一失足跌入古代欠下的未尝不是我。

怕他来入梦，我往头上罩个塑料袋。

现实的状况是：有德者，不烂账，

但对虚无的偿还我实在无能为力。

丢掉名姓吧，

有名终会被人记。

2017 年 11 月 3 日

遗世的孤儿

冷，将近黄昏，雨中的冷。

废弃的果园里，我被一种遗世的感觉抓牢。

找不到青春的证据，

仿佛生下来就这么苍老，

仿佛命运休矣，今生还未完结，来世已有呼声。

仿佛细雨、枯枝、河流、模糊的城镇所形成的距离

永远是我难以跨越的人类习俗的厚度。

而密布的阴云，又将更加高远的苍凉下落

到我错误的结构里。

一只乌鸦停留于枝丫，又开羽翼

拍打着雨水，然后借着静谧的光晕飞临枯井台上

那颗熟悉而又陌生的枣树。

树下，我已无法顺应祖先的多元

而将自己置身人类的纯粹的源头。

我无处隐匿自己，左手拉住右手时，

它凄厉的鸣叫穿越了我的自救。

2017 年 5 月 30 日

茅屋里的铁犁

一束光穿过顶层，

照亮一把铁犁孤独的游走，在旧木材

和散煤堆之间的空地上。

握把光亮不再，犁铧锈迹斑斑，

拉杆前端的铁轮似乎还在鼓着劲，

但没有扶握的手、吆喝声

和宽厚的背脊前来为它预热。

多少铁分子的命运随整体的废弃而完结，

生锈只能是可选择的变异，

多雨的季节是时间的病，我感受到，

铁犁内里的团结受着某种被迫。

茅屋的顶部滋生了一片稻草，

粉饰陌生感的同时，

一张晒化的塑料布试图挽救时间整体的下滑。

如果问谁是真正的主人，逆流你会发现，

文字的记录也难抵实物的亲切。

如果仔细研究，就会发现，

它的价值因年久日深或许被估高。

当我变得苍老，

成了扔掉可惜卖掉不值钱的一张铁犁，

我不想感动谁，因为我从来的虚无。

这一生，我什么也没有做成。

2017 年 9 月 23 日

雨落十里亭镇

雨落自西北，

整个十里亭镇笼罩在雨线里。

而临近黄昏，街灯次第开出绵长的世纪之哭。

其下，旱地的浪花开了又灭。

街道冲走了旧痕，

屋顶劣迹斑斑的反光并没有随着星辰的隐没而消减，

反而是更多的提醒

导致了院内数不清的落难的事物

暗暗地敲打模糊的窗棂，

但已被风锁死，任谁也无法进入。

屋内是另一场失眠的洪流，

它将几千年的历史下落到我错误的结构里。

我在猜想有多少人曾受困于风雨而言不得志，

又有多少人曾在破旧的茅屋里御寒反大呼受冻死亦足。

我觉得，承认谁，都比承认我要强。

我清楚，

这场雨只是他处的一场旱灾，

他处的一场无法补救的失落与亏空；

他处的被蒸发掉的一些虚妄，随翻滚的乌云，

在这里泛滥成灾而为真实的生命之必需。

2017 年 10 月 11 日

怎样才安心

请让我称呼树木为父，河流为母。
槽马为兄，耕牛为朋。
自己只是一种简单结晶。
凡目力所看到的均制造了我的血液。
混合的血液，
从内里点燃我。

请允许我自视低贱，山岳为我帝，
岩石为我皇，大地为我主。
我之存在单一：
我是以感恩的形式出生的，
替先祖，更替自己。

请允许我依古制称乡长们为大人，
称村官为老爷，
称富起来的人为善人。
我刺目于黑夜之黑，白昼之白；
我人类的一面潜隐为非人类。

人世本来就是一场大生存、大死亡，

七老八十，我仍将依儿子的身份度晚年，

此生才能平安完结。

2017 年 10 月 18 日

夜晚漫步

夜色淹没街道，

那么的缓慢、柔和，连成片，

我穿越这如水的感觉。

一直以来，我已培养出黑暗的视力。

没有阳光我反而把一切看得更清楚。

在人行道上漫步，

我喜欢擦肩的行人视我为不存在。

那种状况，仿佛我没有具体，

只有轮廓，身后是我的散尽。

街道两旁的楼房，像倒置的马蜂窝，

一份温饱和安逸竟放倒了那么多人。

越是黑暗的地方，人们睡得越深沉。

街灯，一排警示语，

楼房成就了无数笔直的断崖，

它倒向我的凝视。

白天与黑夜，我与尘世隔着三道岗，

门卫、监控和现代化的铁锁。

沿街乞讨时，

我再也无缘去敲施主的门。

无法获得具体的藐视

而使我能够丢掉烟酒的恶习

和陈年失约的负罪感。

究竟该有多少个我，

在不再特定的重合中找到曾经的迷失，

我黑暗中的短视至此方能被谅解。

2017 年 11 月 1 日

独行客

我随独木舟，顺水而东行。

两岸沉寂寂，岩石裸露，树木耸立，

猿都进化去了。也许，我是其一。

峡谷裂开。有些年头了，波涛滚滚泄入东边的天。

但有攀缘的人，采药为生，

身影时显，充当灵长类。老兄，歇一歇，

不论时政、桑麻、书与剑，请来与我对对歌。

人生有代谢，情爱皆重叠，不唱萎靡音，高呼祝酒歌。

你住云深处，算作永恒人。

山岳为冠冕，绿林遮作袍，天地赐百草，慧眼识良药。

我走前人的路，活了上千年；

天下留人坐，我自徒奔波；

飞瀑洁我面，不要衣和衫。

船头清歌扬，回音满空谷。

山川流水有酒声，相互道别不具名。

偶有飞鸟掠过，叽喳有声，我想与之配音，

有飞翔的术语可否传授一二。

自此我也会视空气为流水，狂风是巨浪，

顺风追逐月，逆风唱大歌。

罗盘的方向是死的，顺水而行才是真道理。

天地无非是一个点，

无限扩大之后才会发现一个人的

我正眺望两岸，左手握扇，

右手举杯，约不到先贤，就约天地来同饮。

自身渺小，可我对古老事物的敬重无人能及。

我不求人间的道，只图世间的苦，那是另一种的考量。

贫穷极致，谁像我，品尝出其中的甘甜。

途中柏树乱，亏得无人识我独，使我精神散。

风景赏不尽，弃舟揽书眠；

沿岸限我行，方止大海中。

唯愿我之独舟停于宽阔地带，

如流水止于玻璃，

世人，请看万顷碧波是流动的土地！

2018 年 1 月 15 日

高度

柳林小区做外墙保温时，
我终于得到了
渴望已久的那个高度。近天点，
伸手可抚摸黎明。

然后是晨光，羽毛般柔软而又温暖。
紧接着，巨大、鲜明的白昼压过头顶。
这样的高度是宁静的，且安全，
因为身后系着三四道保险。
尽管这样，第一次随着吊篮爬升，
曾一度，我要立遗嘱。
习惯之后，30 层楼的墙外不失为赏景的好去处。
我赏尽寂寞，未曾忘却心中的歌。

那段时间，我总往返天空，
给最新的建筑穿层保暖的衣，
劳累时，也会停下来，长久地观察脚下的街道。
分辨度不高，来往行人自成一条溪。

我看出，大城市里的人，有的还不如我。

有的则显得清闲，他们注视高空作业

如注视被迫的生活。

所以我会突然喊叫，将声浪以自杀式跳水般

快速地俯冲进他们仰视的恐惧里。

但更多的时候，藏身在人体行为艺术

和肉体机器单调的动作中。

有多少本质是我必须丢掉的，

又有多少本质我应当加持。

离天不盈尺，我伸出的手似树丫，

挥动起来像秒针，

整个城市跟着我的节奏在起伏。

请原谅，我的出人头地非自愿，

我的悬浮只是虚假的超脱。

并不是不畏高，而是一降生就已决定了

必须通过不断地上升和下降来找出路的我，

终将有朝一日要把万物看小。

我总是无声地越过众市民的头颅，

汗水滴为他们的雨。

地平线在我周围形成一个圈，

微风吹动布衫，吊篮轻荡如摇篮。

2018 年 1 月 18 日

即兴之蓝月亮

天狗吃月，我注视着

在只有我一人的郊野。

我是被家犬的吠叫吸引来的，好几只，

以集体的阵容向着苍天狂吠。

它们呼应于无云良夜之一轮皓月

在无觉地上升中，将被同类无形的嘴吞噬。

纤巧的戏弄，

或者是自我的一次清洗。

它下方的部位开始消失，紧接着是全部，

没有传说中的蓝月亮，只有蜡黄一片如毁灭。

一种恒久的荒凉横陈。仿佛一直以来

田野、森林、城市都处于宇宙的废墟里。

我知道此时的太空，三个巨型球体

正在上演着寂静中的三点一线。

三点一线是重叠的前奏，然后是爱的相拥，相拥至毁灭。

但齿轮沉闷的转动声弥漫，致使彼此的吸引又化为一场空。

我返回住所。时间与命运以我为中心做着高速旋转。

可叹，始终未形成我存在的太极。

2018 年 1 月 31 日夜

看不见的人

1

树林里，一个女人在刨药材。

她没有注意到我的存在。

浓荫里，我静止，她移动。

我笑她痴：找对门路，

任何一株草都是救苦救难的中药。

我在等一个人，顺睡眠的坡道从天上

或地下来，他不走人间的道，

他吹灭人间的情感如泼洒的水。

他路过森林而靠近，久已埋伏的我

将以一张写有符咒的黄纸把他降伏，并锻造成

一个过渡的人。作为明信片，

他将被寄往他处。

去年，我父母双亡了，

另外的世界里，他们同没有出生的孩子们在一起，

其中，有我的。只是缺少

中间环节，一家人无以来相认。

所以他将作为我前往，去续接没有用够的

父子、母子关系，并替我给孩子穿上

早年就备好的

绣花衣服及虎头布鞋，然后

在树荫的破碎里，介绍他们祖孙相识。

阳光下，阴影未尝不是夜未燃尽的片段。

每一处，仿如洞口，使尘世的底

成为另一种声音的屋顶。当然，

天伦之乐同样能令亡魂们安静，

不再出来，教训我用熟练的家法。

树荫移动着，暴露的采药女，

生活所迫，你是否也放弃过想要的孩子？

2

但我，当如弃婴，周围的群岭

形成的怀抱是理想的弃我之地。

拨开草丛的母亲，

一百米之外，我静等她惊讶地发现，

然后成为一个备用的孩子。

或许她药材的收入无法养，或羞于养，一个逆子：

善于拿祖先说事、十几岁就开始蓄胡子、

曾将流行歌曲听得邻居不能入睡。

一些树叶从枝干游下来，

像蛭一样贴紧我的皮肤，

喝我血液里的水，

喝我父母双亡后断流的浑浊。我之脉凝结，

仿佛浓荫是实体，我趴伏如自囚，

我之风干有种皮肤收紧的感觉。

我本燕赵之狂人，

只是俺家大人没能将爱子生进适应他的时代，

此乃大多数人的命运。

生得太早，相对不如生得晚。

凡尘世所需均已准备丰富，包括要走的路；

但就因为生得太迟，所以多年来

写诗时，我尽量避开书页在案的语句。

可多年来，我偏偏一直说的

都是别人的话。在伤他人的情，

如那个葬花如葬己的女子。

去年，我父母双亡了，

他们死在这里，埋在这里，

我已无法带走他们，心理上也不能。

3

一片树叶下坠之旋，如同我日甚一日的厌世，

身后有人类的历史，

我便是恒久的过来人。

世界并不能具体感知人类，

即便在其遭受人类伤害的时候。

这枚蝴蝶，受到惊吓，

自采药女处飞过来。

乱我心境地，

诞生绚丽色彩的目的是美的传达，

还是迷惑之技能外在的施展。

但绿荫所提供的存在，是我有一种潜伏形式。

自此而昨，我

愧于自己的收获依旧是一些麦粒和谷物，

愧于还需要女人同我们一起劳作，

更愧于无力负担子女。多少人竟也因此而不得出生。

刨药材的女人，

愿你的灵魂是一条柳叶，

愿你的挎篮充盈，

愿你被成千上万的孩子围绕，

且其中的一个是我的。对，我的。

那是必须的。

降生在贫寒之家更容易养活。

4

树林里没有时代感，

只有半途而废的父子情，或母子情，或祖孙情，

和半途而废的天伦情。

我辈之安逸以此为代价。

不是吗，想想身后，大家都有无诉之痛。

但我在绿荫之下梦到我儿，

也算你活过一回，依旧是我子；

在十里亭镇朴实民风的公共秩序里

没有我安身立命的位置——你生下来也无以为继。

又因我个性特殊，邻人视为疯子、智障、自杀未遂者……

与其怕你如我，

与其怕你活着因我而无以嫁娶，

宁愿你以实际并未出生为资，

另选富裕、安稳之家重去投生。

去年，我父母双亡了，

同为看不见的人，你们既已相认，请替我尽尽

黑暗的孝道，因为祭奠他们时，

我更多的也在祭奠你。

你未出世而夭依旧还算未出世，

在另一家庭降生，

称呼他人父母时，希望也能怀有对我的一份心。

哪怕是一点点，

也不枉在绿荫的睡眠中，为你，

我的心曾一度悲悼。

2018 年 2 月 27 日

即兴之元宵

是夜之歌哟哟哟，是夜之舞突突突。

是夜之夜邻相约，是夜之夜佳人不用躲。

是夜之夜白如昼，是夜之夜拥挤是夜过往之不及。

是夜之夜孔明灯四坠如仙人之舟夜巡我，

是夜之夜蓦然的回首换作

女儿轻挽的手仿如我突然而至暮年。

久为他人写作，是夜的我空空如也。

像个孩子，被尘世凡音重新认领于不眠的习俗。

大队部门前的小摊上，排队

为自己的童年买上一面孙大圣，和一盏纸糊的小灯盏。

以往的神太多。三十六计已忘却。

七十二变化和不坏之身尚可一试，

我取经，在家门口熟悉的街道上。但我，

不为僧只为众——这是我今生出给世人的谜。

我明白，我没有谜底。所以依次挨门去猜街邻，

只猜年年之春非我春，

只猜时时之我又非我，

只猜高挂的红灯在新年实际的终结中，还能红几许。

只猜一年初始是否还将一无所获而至终无所获。

难倒我，用佳酿般的世俗情。

而小小的灯盏没有灯芯，我依旧一路高举着，走尽街巷而不倦。

是夜之歌已静息，是夜之舞无鼓点，

是夜之月正明时，乡民偏偏已散尽，

徒留一巷寂寞如我往昔不断的昂问。

我有一叠自制书，蜡黄、易碎的纸片久未翻阅。

院内敬神的桌案前，让风从低处将它吹燃，

借元宵之月来焚书。

我之心在不染的夜之心中无声地自灭。

2018 年 3 月 3 日

孩子做成的星星

用一张网，捕天上的星星。我不要珍珠，

要一些生面孔的孩子，围绕，

讲温暖的话题——阿富汗的孩子，伊拉克的孩子，叙利

　　亚的孩子。

我给你们的银色镀上金光，

原路返回，改变夜空中的远景。

陌生的孩子只在夜晚出现。

以骨骸，亮出静止中的动态，

每一颗都是莹莹的泪水在飞跃。安全的高度，

没有可能落下的炸弹来摧毁家园；

巨浪也够不着。网眼之外，

你们尽情游戏吧，用淹死你们的偷渡的船。

用一张网，捕星星的前世，但反被拖曳

成网里的鱼。骑在鱼的背脊上，

从兴都库什山脉游向幼发拉底河，再游向

阿拉伯山。虽然地域广，但没有一处

地方值得你们留下。虽然装作喜欢，
但也没有一处值得去移民。

当海水在口鼻里退潮，当弹片在肉体内熔化，
没有本地的神明，在夜空中的继承，
你们仍得不到认可。虽然这并不妨碍，
某些大国的孩子们对着星空许愿时，
所看中的那颗灿如银珠的星星
就是一个小国孩子的唯一的遗留。

2018 年 2 月 5 日

即兴之除夕守岁

高挂的红灯燃亮门前小巷。

夜不闭户，但无脚步声，空留一巷之红夜深无人赏。

也无入眠者，农人各自在家中努力醒着。

守岁，只为看清时间最后的脸。

从门口到储藏室，从当作看墙的绿竹丛到正堂，

包括过道和向南通风的窗户，神们的位置一度空置着，

现今都坐回来，享受供奉，和人间的最高仪礼。

并寂寂加入不眠夜。

微风在门外，

时间之鱼沿昔日的痕迹无声滑过，

何样密实的网眼才能予以挽留。

我们的收获和我们虔诚的生活态度在屋内：

一年虚度尽，此刻却死守这最后一刻。

有一样东西，逼使我同列祖列宗一年远于一年，

又好像更近一年。

而我伤心于我之身在坎坷年末仍将遭受截面的暗伤，

使我老了又老，每一刻我都是我的过往。

我守不住，我的寂寞如初，

我的童真之心在日渐衰老的躯体上，

震颤于倒计时带来的那十二声凄厉的鸣叫。

又一圈年轮悄然完成，

但它仅仅是个印记，什么也圈不定。

2018 年 2 月 15 日

即兴之广府一日游

刚入西门，我便走丢了，

只能一个人向古代的城进军。

这是一场时间的逆旅，

因为我进入的竟真的是古市的一隅，

有两旁高挂布幡招牌的商家、酒肆为证，

有当街横行且将手中的纸扇翻作蝴蝶状的秀才公子为证，

有涂脂抹粉羞涩而过又回头对我莞尔一笑的佳人为证。

虽时常有古人对我召唤，但现今却是另一种嘈杂。

我伤心地发觉，我所厌烦的日常生活

竟也是从古代开始的。

于是我退回城门口，

花二十文小钱独上城楼。

沿垛口向北而行，没有特别之处，

我只好向西俯视公路，来赏藏在林子里的停车场：

依旧有络绎不绝的车辆如辎重，游客似破城，

四门战事紧，鼓声急促旌旗裂展，死伤一片。人类从来好争斗。

古时没有我，谁来戍边塞，

寻不得家人，战场难现父子兵。

当今是盛世——旅游成时尚。

而出来走走必定附庸着一种高雅。

和家人相遇，我们一起步行至南门，

然后下城，沿墙根看了看缝缝补补的城墙。

每个时代都有痕迹。

这些痕迹就隐匿于生长在厚实墙砖缝隙间的

大大小小的树木里。

天暗下来时，我们才驱车离去。

离去时，我又一次被丢弃。

夕阳的余晖中，我抚琴于百尺栈道之上，

或随仙鹤之舞弄箫，声动满都府。

兵士闻之弃戈，百姓闻之起舞，君王闻之垂泪。

为之有声自未来。

2018 年 2 月 15 日

洪流

不得不承认，低处是最佳的出处

骤然而至的

落雨前

有人听下坠的雨点如密集的子弹

打万物

如一种仇恨

整个南坡高地每年都在削减

浮土困不住的雨水

沿自然的渠道

向沟底汇集

最终形成一种声音的洪流

绕过村庄，再向东

私有一支部队在奔袭

啊，好像站在雨中

如参军

水与血的区别

只是颜色不同而已

而万丈高空竟存储如许多

至晴日

天空散尽一切

便以为至此永不会再有了

但这种

自然奔放的摧枯拉朽之力

以看不见的形式

积攒于

地下或空中

其结果往往是

灾难的彩虹，美的冷彻

2018 年 3 月 31 日

你端着一杯毒药

今早，门外正经历一场雪。

你说：浩大的雪是天的粉末，

我们正处在一座洁白的墓穴里。

你说：好想喝一杯。

然后看着我，取壁橱里的酒及酒杯；

开启瓶塞时，依旧盯紧着我的眼。不过我发现，

你以往的素手上添加了鲜红的指甲油，

你的唇也有一圈血；持续地看着我，

在你向酒杯里倾倒适量的酒时。而酒的

颜色似乎比以往浓了些——

不过我可以忽略不计。但你一连串无差别的动作，

使我不得不怀疑都是经过演练，仿佛蓄谋已久。

同时，眯缝着的眼睛告诉我，这颜色的酒中，

还有别的成分。你走向我，

端酒杯的样子像里面是毒药。

嬉笑着、摇晃着，描画的柳眉上扬，

又显露出少有的轻佻和不贞。

你跪在我身边的沙发下，

你娇滴滴地叫着：郎君，郎君……我好寂寞。

并启开我的唇，让我称呼你为：卿！

你将我的手臂弯曲至酒碰唇，然后你

带玉镯的手穿过，蓬松的丝绸让我体会到凉。

与你的交杯酒，轻柔、舒缓，像是一场

当代学士与古时仕女之间相约已久的自杀。

2018 年 3 月 4 日

晴朗的日子

晴朗的日子适合采棉花，采盛开的

温暖，于一棵棵明亮的树。采日子里的最明月，

童年的手曾掌控整个天空。

晴朗的日子，我所有的乖张、孤僻都被阳光洗去，

所以，我晴朗的日子里的存在是消极的存在。

不怨你看不到，

我掠起的尘埃幻化为蝴蝶纷纷轻舞。

晴朗的日子适合晾晒灵魂，晾晒新郎红纱帽，

在高高的香椿树上。妈妈们曾在百花丛中帮我挑选新娘。

晾晒陈年台历记录的至理名言时，发现许多年前

我就已经与世隔离。

从人群中裸体剥离，将自己准确无误地

交给原始，但其实我只交了一张画皮。

我一直是我自己的面具。

晴朗的日子天空被看低，玉人被看出来。

湛蓝处的无土栽培中，他们花园里的植物

都是下界的天父。她们喜悦于

灵魂之间的交流甚至连心灵都不需要。

躲在一棵树下，我倾听地球的旋转；

一些云使日子更清澈，当我仰面而视，

其仍不失为一种重力。存在风雨，只是还未连成片。

2018 年 3 月 22 日

十里亭的疯女孩

作为女孩，打扮是我的天职

为了向我所认可的任何男孩要钱花

如果他同意

光天化日下

我会让他亲我的脸

我清楚，他亲到的只是一层有香味的面油

有时我也喝一点酒，假如有人试着与我猜拳

众目睽睽下，我会挽起袖管

露出白白的手臂和他比画半天

直到把他喝倒喝呕吐，并笑骂他

还不如个娘儿们，然后把他当马骑

一般来说，我不吸烟也不唱小曲

也不和谁单独约会，更多的是在操场上

混迹于教员和学生堆里打篮球，热的时候

我会将脱掉的外套搭在左肩上，

谁怕我，我就追赶谁

并放声高喊：王小明，我要嫁给你！

是的，嫁给谁呢？

从来没有考虑过，未成年就不该有性别

两小无猜是为有预谋的人预备的说辞

直到大学毕业一个傻子娶了我

多年后他才明白过来，问我是不是

十里亭镇的那个疯女孩

我疯吗？人家从小就淑女。

2018 年 3 月 6 日

南坡青纱帐

稻禾的青纱帐覆盖了整个南坡，

穿越这多重的召集，

如进入一支即将哗变的大军。

层层枝叶，

阻挡我来赴高耸的清池。

众多的个体，在此，丢掉个性。

不约而同地递进着挤在一起。必须伤害一些，

如果我毅然决然地进去。

不比雨水，阳光显露物质之外的

物质属性，在狭长的叶面上一直储积着，

从株顶直射而下的整个流程，称为

光瀑，无声，但不能无尘。

是的，不似灌溉那般直接的渗漏，光合作用无声无息。

阳光用不尽，只能不停积蓄着，

直到凌乱的叶面在我穿行的脚步中

变作

划开伤口的金色刀片。

但这种在相互倾倒和坚挺的纠缠下

形成的集体，更像一个被风揉自早春的绿色线团，

人为又自然地设定在这里，以仿制原始的团结。

不是向谁展示力量，

而是同宗同族之间

即和谐又矛盾于均匀地、透彻地使用同一个位置，

以便把更广大的区域留给另类的生存。

他处，

我看到过太多的

这种单个物种

集中活着的活法。

今天，它们就在我对面，

沿小径而上时，它们正被风弹奏。

好壮观。如一片水域

忽然撤走了堤岸欲动还休的样子。

但此中没有了我要走的路。

所以，根据惯例，

进入之前，我总将对立面看作一种形式，

然后，会全身心地

弯腰，将上衣拉高罩住头颅，

试验着挺进。

可我不想承认这种形式是村镇的外延。

我是在此地出生的，

青纱帐里我曾学做一名济世的好汉。

那时，我手持木头宝剑，

统领上古之兵，

但这并不妨碍最后的厮杀。结果是

每一分收获都意味着

仿佛又从同类之中争抢到了什么。

我酣睡在稻草上，

周围是低矮的苦菜花，和无人看管的牛羊。

牧羊女，她及她的本族在此完成对我的养育。

同世界的土地相连，

却有着自己独立的根。

独立的根用一顶新麦帽压低了整个世界。

我携带着的肉体是传下来的。

这也是不十分珍惜的一个理由，

除非十分珍惜的托词大于它。

最终，在青纱帐同样繁茂的空地，

我寻找到了祖上的老坟。

生长着臭椿的一些土包集中在一起，

像一座座低矮的房屋，

它们的边缘，早年深耕的痕迹还在。一道一道，由远及近。

我们分批遗忘了那些死者，

按辈分遗忘了他们应有的情怀。

但如果仍然需要通过他们才能将我们对世界的关爱

转移到生者身上，那么他们将获得敬重；

而敬重仅止于纽带。

虽然我也不得不活在他们曾经的活过之上。

祖上的碑林淡漠了最近逝者的脸。

隔着肥沃的土层，他们的交谈

是纯粹闲下来的交谈，而那个

注定专属我的位置，静默地闭合在草甸下。

在我四十岁时，于我活动的空间里，

其实已将我真实地埋葬了一半。

啊，恒久的位置，

我将来静听光明朝代的地方。

但此时，像少年时代一样，

我用脚踩出一小片青禾为地毯，

然后仰卧其上，想我汉族人的身份。

是的，这也是传下来的。

我是其庞大人数中的之一，但由于属于中间地带，

地理上受到保护的缘故，

好像周围所有的人既没有北方人的能说会道，

又没有南方人的能歌善舞。

从我看，

仿佛整个中原地带没有什么全民认可的技能和特长。

南坡青纱帐自然长成，

又专为我而设，所以有时急行的我

总以快速地转身形成微小的旋涡。

一片倾颓中，

草木生命为我铺就无言的舞台。

而舞蹈于我总是被迫，因寂寞的独处如阉割，

我无法拒绝。

做飞行状，起步、加速于自我追逐，

以最后的苍老的旋转来抵御假象之敌，

但周围逆行着的

都是在尘世喧嚷中，

自我欠下的哑口无言的债，

以及包含在浅蓝叶片里的无声的水。

在本就干旱的南坡，

青纱帐是架设于南坡的构思缜密的

离心式水泵。

像无望之谷关闭同情的途径

曾经放弃了的天真无邪以另类的青纱帐

困我于又一瞬，

困守在同类中，

我曾不得停顿。

结果，榜样的力量让我变得面目全非。

我说过，

甜、酸、苦、辣都是无味道的长成，

品尝时，只是你自己味蕾出了问题；

我说过，

做个仙人，如她那般透彻，

而不要那般永生，那是另一种的疲劳；

我说过，

诗就是围绕际遇之事的构思。

我之所以用诗不时地提供有关死亡的方式方法，

意在减却厌世者赴死的勇气。

我说过的话，都是我小人物的舌，群发的。

结果我在自己的话语里淹没。

趔趄倒地，

愿我此刻的力量

能为彼时的果敢提供一个永不过时的理由。

2018 年 4 月 3 日

一场雨事

大雨到来时，

我没有逃。

早已习惯了无我，

何况一场雨。

何况一场小小的十里亭镇的雨。

呵，欢迎。丘陵、森林、楼房之后，

天大的世界来洗我，

来洗不太认真活着的我。

只是我不够宽广，

无法储存得太多。

最好所有的雨在头顶形成海的漏斗，

能让我像山一样倾泻。

在过多的雨水中，

一座透明的墓穴将我埋在万物的视线里。

这就是这座小镇我该有的位置，

雨中

或午夜的大街。

无人之所，有我，也是一种担当。

坚持下去，

将来的下场不会比现在更恶。

2018 年 5 月 30 日

水鸟

一只水鸟藏身芦苇丛，她在躲我。

躲我这个曾经的少年——她以恋人的方式躲，

有时显身，黑色的翅膀拍打水面。

生之无趣，我会报之以长久的注目。

人之外，万物都是异性的。

在我无意识的潜底，

她就是那位伴我终生的少女。

沿着溪边找寻。

因为值得爱的女人不多，

值得恨的男人遍地皆是。

时值春末黄昏，湿气加重。

芦苇才没膝盖，浩荡之势业已形成，

跟随我，或者是我在走它们秘密的旅程。

因为一条溪流将芦苇滩推成瘦长。

往年的水痕在柳树的根部留下一团糟粕。

微风清洗水面，一圈又一圈将腐叶推到外围。

沼泽地的边缘，我徘徊如一只狐。

但无缘来嗅她的纯。

她的纯无臭，

她的美专供于天地。

但随着黑暗的降临，

我深陷其中的十里亭镇仿如皱在一起的平面。

而往昔不在身后，

仿佛只允重叠在虚无之上的，我的实体

只是这深沉空间里的一个点，

我的体温只是这朦胧夜色最后保留的一点余温。

从熟识的周围找不到一个陌生的缺口，

我该如何去倾听？

没有她的足迹，潺潺的流水仿佛来自地心。

美，在她身上。她不用，就是苟活。

像他处活着的人，隐秘的语言使我们能够

通过相互的赏识来达到某种谅解。

甚至不用指手画脚，

一个眼神即可。

但没有这样的眼神。伤心的黑暗里，

只有世界宏大的转动声，

以至眨眼之间，我距自身的位置已万里之遥。

随便的某种寻找，

终也不敢以占有为目的。

更遇我心中之美，只为深深的感触。

有击翅的声音和吱吱的鸣叫

从水的中央传来。那里，

她正以女性之姿游弋，

或径自用喙取水浇光滑的羽毛。

水珠滚泻

犹如赤裸的沐浴，

而我的爱美之心在独赏的夜晚

不知不觉变成了难以启齿的偷窥。

直到夜色完全把她吞没，

再一次消失于人的角度。

黎明时分，

当一枚黑色的羽毛出现在芦苇丛，

我明白：躲我，她最终选择了死亡的方式。

自然界也许有两种方式的美，即：吸引和拒绝。

且只限于同一类物种之间，

跨界则意味着终结。

2018 年 6 月 20 日

尘埃里的生活

生活在十里亭镇，

如同生活在一粒尘埃中。

因其贴近，

故不见踪影。

单有树木、溪流、些许的房屋，

包裹我如人的种子——男人的种子，

还需要一个女人，

尽管天下的女人都一样。

尽管烈日暴晒的土地上，

熟悉的一切都躲往阴暗处去了，

没有与之对话的。

只有人为的陷阱埋伏草丛中，还风景以平静。

这种平静，其实，我早已识透。

邻人的眼睛视我为兽；

即便搬到村北的林场仍不放过，

仿佛我久有的生活

一直是期待看清的蜂窝。

我活着，

在个人的网中撕开一个裂口进入更虚无的一群人中。

值得一提的，是我以自己的平凡

原谅了周围的脸。

但在暗夜，

林地总有闪烁的狐眼。

她不为偷我，

我身上的男人已被另一个女人抱走。

不过我依旧等着，

直到她拖着带伤的身体

弯腰从篱笆的缝隙穿过，去井边的水槽里饮水。

她美丽，以至我不敢呼吸。

因我而伤残。有人视之为不洁之狐女，

并称，我与之媾和没有形成的对等，

不仅仅属于看低，或者曰：出卖；

更主要的是，

我与人们的关系转变成我与动物的关系时

我竟能做到从容和镇定。其实，

我只是欣赏。

作为人类的态度，

某个紧急的出口如果相遇，我会向它说声对不起，

但求不要伤害我，

更不要将人类的错归咎于我。

因为一个人的我，

活在自己日渐的稀少中——不多的我，

面对，从父亲、爷爷，到老爷爷的直线叉开的

母亲、奶奶，到老奶奶的所有人，

假如都活着，

出于孝道的沉重，我要解释如下：

我没有神秘性。

只是好奇，别样的生存或许更干净。

真的很一般，

我的骨头就竖在围院的篱笆里，简单、易损，

尽管每年都会开出牵牛花。

未来，不是活着的我给你们交代

一些事情，而是死着的我

逼你们将生活的角落打扫干净。

否则，我将闭口不谈。

因为我自始至终生活在一粒尘中。

2018 年 6 月 3 日

林场里的蝉鸣

我不得不承认，不住鸣叫的蝉

是我最喧闹的邻居，在那个被我

称为温床的绿荫之上虽然看不见它们的巢。

不见它们的巢，那必定被隐匿的

卑微的出处，使它们割舍

家的温暖，以及那种爱里的安全。

急促飞跃像鸟儿。窥视蓝天

像个有梦想的孩子。在叶片叠嶂的高枝上，

用一个需要表白的心，

穿透无尽的绿，穿透远处有人声的静；

每年夏季，寄于人世的清醒，

并伴随气温的上升，

不断地抬高沙哑的单调的嗓门喊给太阳听，

说光芒万丈世界如同阴雨，

绝不是意义上的晴天。

只待夜晚才明白：它们的歌声是唱给醒者听的。

随后便有了一个声音的轴心，

遵循着，我们同时成为再也不能躲避的目标。

虽然绿之青丝覆盖在我的头顶，

也覆盖在它们梦寐以求的天空。

但对利益的分配，

我需要的是静，它们需求的却是打碎这种静的

无限的形式。包括对事物的理解，

它们不停地催促我遵从。

然而，它们仅次于自然的发音，

最终形成由声音引导声音、由声音诱惑声音的

一个不经分辨就允许加入的声响深渠。

整个森林连成一片时，怎不叫人怀疑

其背后存在一个有企图的东西。

我学它们的鸣叫，

尽管明知达不到那个高度。

尽管沉默已久，文字一时卡住喉头，

但仍以一丝发音来模仿自然了。

如预料的那样，瞬间降下的静默从身边传染至远处，

整个森林没有回应，或许我整个面部

正被一个辨认婴儿的母鹿闻着。

我不敢确认对自然的模仿是否伤及了它们

应有的自尊。集体的沉静之后，

像玻璃的破碎，它们承载着自己的声音，

诉说无法飞翔的独特的理由，

从我的四周逃散一空了。

但它们的声音似乎留了下来，

在夜晚的独处中尤能充塞我的耳，

寒冬比酷暑更甚于这种声音的丝绸滑滑的感觉。

困扰于生存的线团，

时常形成我病态的耳鸣。

在浓密的树荫下，

在思考蝉声的背后，

我是如何做成人之夫人之父的

以及不能选择的人之子，

以及我们身上古人不能企及的希冀？

2018 年 7 月 15 日

来我木屋的鸟

没有招呼你就来到我的木屋。

我一动不动，你以为我不在，

以为是树木的内部，因误入而喜悦于获得

一份明净的极简之所。

自由的跳跃掠起无数落尘如细雨，

给陋室铺就一层薄薄的轻纱。

杂物之中，我以杂物之态存在。

另类生命面前，我从不以人自居。

怕被发觉，我装作睡着了。

所以，你一度悬停于我的头顶，

娇小玲珑的身姿轻松地领受了我曾经的风尘。

如果你真懂我简易生活的初衷，

我甘愿搬空这里的一切

让出我避世的江湖，

允许你也写首前世的朦胧诗。

允许你像我一直以来的样子，读给周围的景物听。

至此，各自为重的两个物种，

为着体验自由从广阔的世界退缩为互视的两个点，

随后是：巧遇，谦让，交流。

你口衔稻草为我讲述自然史，我畅所欲言于

忧国忧民；

你以实际的巢穴否定我的高楼梦，我怀复古的

爱怜劝导你脱尽羽翼初为人。

你说自己来源缥缈，母语寥寥难为续；

我说我被语言毁灭苦于难摆脱。

木屋就搭建在芦苇丛旁。

芦苇丛困守着一条日夜呜咽的河流，

而河流蜿蜒于浩瀚的平原。

所以你误入的概率应该很小。

是误入，也是被选定的误入，

因为，你定是我受染的灵魂。

但你恐惧我伸出的手臂时时躲我，

让我泪奔，

让我说尽心声也陌生。

忍痛打开门户放你飞走。

你没有犹豫，没有回头，

我清楚再也遇不见了。

尽管我的木屋开往陆地，我的肉体敞向天空。

2018 年 7 月 10 日

活着就是一切

南坡岭上，一种风声如裹挟着语言，

我拆散其为告诫，拆散其为劝勉。

几十年仰望长空，承认自己

就是此处藏躲的一个极其简单的存在。

自从灌木丛旁母亲怀上了我，

自从早夭的两个孩子给她留下恐惧的病根，

尽管自她生我一直准备着我的死，

先是她前世的罪孽，后是我从小的厌世。

而能走到现在完全是个意外。

更意外于我竟平静地接受了这个世界。

所以，感谢所有外来物质对我的帮扶，

感谢光照和夜息，感谢风中母语的音韵，

纵然这一切一直被我翻译为无来由的爱。

至如今，南坡日渐荒芜、村舍几欲空置，

我最后的力气难以抵挡田地的辽阔。

虽然这并不妨碍我躲在窗棂后看着后辈子孙

自此一个个走散。我明白：

活着就是他们的一切。

也是我的一切。因为没有更好的补偿给人类。

后辈之人为我子孙者，

不以为子孙而为我所看重。

大家皆人类平等的一环。当我抓住风之链，

我还能说些什么贫穷、低微；

当周围的一切拥我而仿佛至世界平稳的中心，

我将再次为这古老语言的选择而持重。

也许我之后，

无人来听风。

但我深刻记录过，自始至终我都不会成为这美好

世界的负担。草丛中，或土地的角落，

怀着曾活过的喜悦，我将微笑着老去。

那时，天空是湛蓝的，周围纵横着土沿和沟壑，

像我这样从未爱惜过自己的人，

如此的下场十分意满。

2018 年 7 月 20 日

子夜送魂

你已经死了，并死得其所。

好像是这段时间村里唯一死去的。

你这样的一个人没有了，我们并未觉得少了些什么。

明知你已死去，我们依旧忙于仿佛你躺在那里休息。

恸哭的妇女将声音的涟漪扩展到大街，

最偏僻的角落都听得到，

其目的无非是成功地

公开你的死：今后见不到你，人们不用再惊奇。

从无缝隙的肉体提起你潮湿的灵魂，

仿如一件久在水中浸泡的衣物。

稻禾的火把已照亮归去的路，

熟悉的路途，今日方知也通往地府。

生之未有的现实：是此刻

家家闭户，整条街道为你洞开。

人世所有的善用尽，这是在为你剩余的恶让路。

吆喝你的名字如耕牛一般，

走吧，忘记自己曾是一具鲜活的肉体，

也曾经有的沸腾的热血，

那些细如乱麻的管道曾是一棵大树的根系，

自己的外形也曾和永生的神仙相仿。

如果死真的是时间对称的另一侧，我们知道

你依旧会结识狂客和贫穷潦倒者。

因为世事的前进仍旧会有这么一群人需要照顾。

尽管你能做到的仅仅是和他们站在一起。

如果还有未交代的，就不要再交代；

未偿还的债，就此结清；未了的情，请打住。

因为最后的油灯行将耗尽，

是该离开的时候了，

送你的几个汉子早已板起面孔，

矗立在那里如陌生的差役。

2018 年 7 月 27 日

岩石上的沉思

靠近另类事物的成分，

岩石上的沉思推动天际的白云如一条

自由横渡的船。随后轻慢松软的多变结构

又以天之残片的名义铺展开来时，

破碎的丝绸逐渐消散为浩渺的虚无。

瓦蓝一片如希望之漫溢。

清澈横带是碧空纯净之堆积，从多角度多方位的投影中

浓缩于头顶之上那个最高处，

最后无法承载的积累滴入我的眼。

让我看天空看出孤独的流水。

伸进深邃，我能否饮一杯清流？

侧身而卧中，

裸露的岩石成为我大地上的唯一依靠，

用挺直的脊梁，与其互换温度。

或者用放大的眼光抚摸粗粝的条纹，

近在身边的遥远世界凭借沉重的部分来悬浮，

其秘诀无非是

看似磁力其实是彼此豁达的降伏。

安享世界而世界对我无觉，

我之重

依旧是她之重的可有可无的那部分，

在同周围的森林、河流，及更广阔的组合中。

而我自己的心尚在半睡半醒中

以没有主人的童仆身份追打我早期的教育，

如沿街流浪的狗。我曾厌世，

我曾以片刻的不纯探入他人如置身一间间恒温仓库。

我自知，我之重在移动中被忽略时，

眼睛是盯着前方的，

因为不远处的土路连接一串村庄，

尘世的葡萄形状圈定的集市上，

那么多的人带着生存器具被派到了周围，

分割我的日子如蛋糕。

盯紧我的梦想如木桩。

深深陷进

我行为的软地。

我有错，我喜欢被传阅。

但一时之间

仿佛在几千年的滞留中，

村落和楼房一直空空如也，

走失的现代文明遗失的不是以前世的身份

而是如外星人般更高层次的智慧集体撤离。

现在，只剩下我独享时间与空间，

不用说，空间是我的面包

时间是我的水源。

而我更希望的是在一个阴雨的下午

在岩石的角落，我撑伞等世界的黑暗。

当溪水漫过脚面，当周围的一切被吞噬如残羹剩饭，

此刻我开启孤独的自救，

并不是像过去所说的左手拉住右手，

而是自信地，

因自己的善良、智慧、正义集一身，

终会等到。

所以我愿意用绝境逼迫最短果报的出现，

使早年的纯真柔情获得爱，

使早年的仁义之举获得平反。

但等到不敢等，

因为只有死亡的绝境，

没有果报，

没有神。

在雾气笼罩的黑暗里，

在雨水敲打伞面如击打猪皮气囊般发出的

"砰砰"声引导而来的恐惧中，

天地之间

甚至连魔鬼也没有。

人孤单到不但没有自己，整个人类仿佛也在

风雨飘摇中不复存在。

到处运行着的是：

昼的无觉、夜的无觉、火的无觉、浪的无觉，

彼此吸引的无觉和彼此毁灭的无觉，

对立的无觉，

变化的无觉，

消失的无觉。

以至于，

有没有我，岩石一如其静，

有没有人类，大地一如其静。所以，

当岩石压住波浪起伏的土地，

当高处汇集而来的雨水试图位移它，

一切那么自然。谈存在只是茫然，

因为看不出自然的恶，我无法灭其恶；

看不出自然的善，更无法助其善。

即便不存在善恶，不存在神鬼，不存在天地，

但依然被其所困。

因为这些东西被想象出来时，它们就已经那里了。

不是以个体

而是以整体的方式出现在最初的幻海。

不难让我看出人类自我约束能力的脆弱，

需借助这些虚无的东西来加强。

集体为个体开出的自治条例，

虚无仅仅是它们的伪装。

2018 年 8 月 6 日

我喜欢记录那些普通人

出于生计，或迫于一种隐形的驱逐，

丢下十里亭镇，我常年在外务工。

这也是变相的旅行——凡到过的地方，

从其中，我总能看出陌生的风景。

认识不可能认识的人，在不知其数的

无缘再到的住所静息时，我就清楚，

所到之处都不是久居之地。

和晨扫的环卫工聊天，

同路边的小贩谈论边缘的问题，

我身上斑驳的灰尘看得出与他们是同一伙人。

但他们哪里晓得，我是有目的的，

尽管板起多须的面孔，我认真地听他们讲

富人如何富，穷人缘何穷。

我的通讯录写满了太多这样先是地址

后是姓的无名的名字，

像外国人名之长。一本自负的笔记

聚拢这些人，堪比折叠的皇家千叟宴。

虽然分散在不同的家庭，

接触我和我接触的，只能是这类默默无闻的人，
毕生不会有一件事能被记录流传。

我同他们的友谊没能进一步加深，
是接触时间太短的缘故，是我们的共性没有
共同的利益能让我们商量着再谋求一面。

哪里生活的民众都一样，
我只是有幸认识了其中极少的一部分。
我的记录永不掉色，
尽管他们早已将我忘却。
但不必去惊扰彼此的记忆，
因为大家都忙于无计可施的生活。
和他们待在一起时，
我更经常地说起我是位诗人，然后在他们的嘲笑声中，
我也跟着大笑，最后获得泪流满面的快感。

2018 年 9 月 22 日

街道上的那群人

街道上有一群人，或坐着，或站立，

或相互依靠在一起，他们夏摇蒲扇冬披雪。

几乎每天都移动于时间最佳的位置，

在宁静的街道，生成着人为的旋涡。

有时候分散在必经之处，

没有另一条路可绕过。

他们好像在说我。

有时，交织的植物状态有所羁绊，

而叶片般的嘴唇形成的风向

在你经过时，又突然静止。

好像真的在说我。

因为整个巷子乃至这枯萎的小镇

唯一可说的，好像只有我。

那也无非是当街我曾乞讨过爱情、和债主翻过脸、

无数次大声喧嚷着迟早要离开，

却恒久没有动身的意思。

我说过太阳是方形的，车辙是没有更好的选择。

正如他们所言，几百年才会出现一个我这样的人物。

所以，我很珍惜。

并随时准备用生命换取存在的意义。

在这个赖以生存的小镇，

我始终在自己制造的迷局中，

找寻属于自己的位置。

我愿意这些人把我说成朽木，

说成一个最败家的人。

不想这个世界因循守旧，

不想这里一潭死水。

我故意把自己做得那么彻底，

但我只有一个简单的想法，

希望改变周围人们那种小心翼翼的活法，

用另类坚挺的榜样的力量。

因为我爱他们。

我所有反面教材是他们休息、餐饱后的兴奋点。

也许其中有人会体察到我悲哀的初衷，

并在心中默念着道——这个人真行。

当他们爱情受到挫折，

当他们经济有了困难而羞于向邻居开口，

我希望我是他们潜意识里的效仿对象。

我愿意成为一切底层的那个底。

我愿意他们说着：再不及的活法都比我强。

2018 年 9 月 26 日

垂钓

我垂钓，在芦苇荡。

用一根长竿、食物还有我平静的思绪。

事物就在水下，它完整、光洁，

处于永远的游动中。像鳗鱼，

但所有的鱼只是它的替身；有时，

成串匿名的气泡释放水下王国的梦幻。

迷惑我，用另类的家庭炊烟。

我确信，隔着厚实的水面，

于隐藏的水草间，它们仍能

看清我和我放任的柳叶船。

并耻笑垂下的诱饵。

因为本地都知道，我总是一副自由落魄模样，

不屑于认真做任何事情。

我的幸运，便是生在这样的时代，

到处都是富裕、幸福的人们，我不需要再去具体做些什么。

寄情于山水吧，像这样将鱼竿投入水中，

而后漫步于芦苇丛，或者

静静地躺在小船里，任由它把我带往任何水域。

因为有那么多的风景曾忽略在人生的旅程，

有那么多的人曾遗忘在丽日。

上了重漆的船底是尘世俗界的一个面，

便于我划破别样的天。当细长的丝线垂在我的身影上，

那群野鹭惊叫着，带着疑问飞远。

而事物在其王国，自有来龙去脉，

自有不被钓住的理由。我闭目，倾听岸上来自杨柳的歌；

我在远离我所触及到的任何东西，

并且我的目光是我思想的时速，在刹那的停留处，

放下我最纯洁的安慰——因呼吸，

水下的生命每时每刻都在艰难地排水。

如同我之开口说话，需要为一个莫名的口子

用尽双倍的唇力。我持续地凝视波纹，

它们被整体的力量从岸上拉回来，

它们的中心是洁净的，枯枝败叶只在外围，

状如陈年的疤痕。被泡沫压缩着，

又像是事物终极的食品。

钓上来的鱼或许是主动的上钩者。

我皆不食用，重新投入水中，

而后遗忘。

2018 年 11 月 4 日

改变

我不再是我了，

因为无可撼动的某些人是人，我只好去做别的物种。

黄昏窗台观望的那一刻，

我祈求空白的占领，

像水里的天空向虚幻索要掠影的真实。

可听到的始终是白听，看到的也不算有东西来入眼。

风吹透了我，体温是假的。

但在彻底变化之前，我站立的双脚还在纠结一些事情。

槐树交织垂柳的林子里，

三道河无拘无束的牛群中，

有关我的痕迹和留影被抹去了，

别处的高楼大厦造就着此处的深坑、臭水，

和抹杀风景的乱石堆。

与我无关吗？

可惜了过去时日因正义而积攒的恶名，

可惜了在互助的四邻中，我曾赤膊帮众摇过嶙峋的辘轳。

包括那些欣赏我而又疏忽掉我的事物。

包括那些来不及救助的土地及森林，

竟然没有伸出一只挽留的手，

让我泪流满面于

我安于我的那段时光过得还算有些意义。

不过，都无所谓了。

就像一份正在组建的传说，我说过的最重要的话已被

　　遗忘。

可有可无的话却被我将所是的那个东西从嘴边找到，

圣旨一样压倒我一贯隐匿的神谕。

枯树枝，褪去毛发的无处可藏的兽皮，

还有一些别的遗弃之物，

在各自漫长的置换中终于熬到这次机会。

——来抢我，

或伫立在精神的原址希望被我相中。

我几乎要哭泣。

究竟我之所思所想该怎样让万物通晓，

而能够做到，适合我的加重，不适合的减轻？

变得完美，像昔日密林里的蝴蝶。

某一刻，当我不再是我，

几乎同时听到欢送与争食的声音。

我恐惧于发过的毒誓,尽管知道根据环境的不同迟早会失效。

我不去寻找了

我不做我,天何生我。

当我慢慢地走过荒野,先从我有着

独特思想的头部开始,成熟了的蒲公英

会以一种无人知晓的爆破,

分散我心胸中一直疲于奔命的种种假设。

使我思索着同自己告别,

省去坟墓里死亡的烦琐是不可能的。

我不会是新的事物和物种,

因为首尾相接的古老生物链不允许有混杂者出现,

更不许有未经原始混沌的洗礼的一个四不像

来否定纯物种。即便四不像若水至善

而纯物种仅仅为恶。

实在不好意思,

在黑暗里,我只好是黑的。

如果我走回屋算不算是一种失敬?

如果我不关门是不是为了

为着解谜而被邀请来的那些明智的逝者

和在亡命途中被困死的勇士,

和从失踪人口的花名册幡然醒来的幸运者，

跑来和我做朋友而预留的方便之暗道？

我不知道，

知道了也说不清楚。

因为，我实在是不敢变化得太多。

2018 年 11 月 7 日

你是否听说过我的大名

如果你想认识我并企图找寻一些有关我的故事，
我想那完全是多余的，因为我只有事迹而没有名。
名字是强加的，我与我名隔着万里。
说我名大，是你介入我的一次夸张。

正如有人说太阳，
你会不由自主地仰望天空，
即便那儿依旧是几天来的乌云翻滚。不知道
你是如何理解这种低级错误的：
明明有背景，却空指其对立的、相克的、反义的名字，
而希望能引起如愿的惊悸。

出其意外地活着，我的名字是星光下的涟漪，
虚幻，短暂，它需要一些事件。
但没有事件，只有日常的碎片被冷静地
分拣在往昔不同颜色的篮子里，让我
有所指地道出：那些事是该做的，那些不应该。
然而那些为了善而发的恶语，

那些为了防止事件的发生而故意扬言的报复，

都作为羽毛坠在名字的脖颈旁，

辅助我完成某个下下策。

像手中的一枚石子，犹豫于是否投入水中

激起浪花，或只为打破平静。

至如今，我的名扬不过附近的几个村庄。

如果有人尝试，拿我去吓唬不听话的孩子，

即使孩子被镇住变得乖巧，

怕不是因为我有多可怕，而是他们认为我有多可怕。

通常情况下，任何人的名字都管用。

至如今，我的名扬不过附近的几个村庄，

文化只有在需要的时候才获得尊重。

况且更远处另一片陌生的区域里，

也许有另一个人也在做着相同的努力，给我一山

高过一山的感觉。圈定于欣赏、敬重的范畴，

倘若称为知己也未尝不可，

其实是臭味相投的一组分散在各自的府邸。

如果将来在省会或京都听到我，

那也是一册延时的广告，方便于某些人来找，

并可获得一张由在下签名的印有末世公司或

绝望会所地址的小名片。

就在一条公路的南侧，几株笨槐的枝叶下，

会有我的大名赫然而竖立。

不过，空荡荡的名字下，

既无事迹，亦无我。

2018 年 11 月 10 日

我喜欢音乐

我喜欢音乐，

尤其偏爱伤感的曲调。

无论何时何地的思索中，

最能激起我丰富的想象。

我有过的悲伤的童年时代

有些年头了，可饥饿感一直留存着，

未敢忘却。空荡荡的灶台上，

我们用刀切开软木，一节一节放入碗里，

然后学尽所有大吃大喝的动作。或者用筷子敲打碗沿，

向暗壁乞食，直到父母高喊餐饭熟了。

那时饥饿的快感

将来的人们怕是无缘体会了。

即便作为过来人，

锁上厨房，在卧室里熬上几天也感受不来，

直到腹内咕咕，自身变为一件乐器。

可当悲哀的旋律响起，

如在更宽泛的大自然般的音域中，

随着每个波浪般音节的起伏，这般的我

刚沉浸于永久的温水，

那般的我

骤然降临如悲惨苦楚的境地：哀痛，哭泣，励志。

爱了世界这么多年，我爱了什么，

为了爱又付出了什么，

都能在音韵中毫不费力地找到。

她甚至能让我体会一些不属于我的东西。

比如战争、杀戮，和毁灭。

但我更渴望独特的甚至是无序排列的音调，

如谜一般去其中寻找我想要，

但没有什么想要的。这个混乱的世界，

即使再多的音乐也难以掩盖自甘堕落。

或曰：难以托付。

人们总是借助这样那样的音乐

把谎言说得那么真切。

更放心于存在着更高的音调，

用于淹没其中矛盾的措辞。

没有更恰当的解释，当火最终变为水，

当不能提及的循环以生存为最大死亡为最终。

为了不安之夜的安静，

为了拒绝异样响动的惊扰，

是埙坏自己耳鼓的时候了。

一副耳机常年塞着，

不让属于自己的声音有所遗漏。

同时拒绝俗世嘈杂之音的侵蚀。

这也是我看上去喜欢音乐的目的所在。

2018 年 11 月 13 日

无端的爱

在这个世界，我只做一件事情。

那就是爱，以及用爱在无尽的河岸种植垂柳。

在一湾碧水养自由灵动的魂。

在高地的荒坡繁衍百草。

或用爱扬一场迷茫的大雪给近郊和双目够不着的

远方赋予庄重的无痕。

我的爱那么多，自幼年就使我像个来此世间造福的神童。

在成长的路上和生活驻留的场所，

像倾倒垃圾一样，我曾不停地弃爱于各类饥饿的悲剧。

所能忆起的人死去，或换作陌生面孔的新生儿重生。

我都将塞一些礼物在他们疲于奔命的手掌，

并感激他们释了我的怀。

像卸下美好的负担，

我不停地寻找着渴望被爱的目标，

值与不值暂不考虑。

但我无法爱得具体、细腻，或爱得对。

只能大致地，

出于必然地施于所疑惑的、矛盾的、

甚至是所恨的事物以爱的覆盖。

不知道你能否理解：仿佛周围的一切都值得同情。

一座废弃的村庄，一扇再也不用上锁的门，

在难以摆脱的困境里，

跟随着黑暗埋伏在光明里。

我该不该进去歇一歇，续接某个折断的故事？

或敲敲那些破砖烂瓦，打听一下久已空置的老宅里

曾经嬉闹于贫穷炕头的童年玩伴何时归。

也许母亲的村庄，我该留下一些，

食指为笔，向空中题字。

那预示着温馨幸福的金光闪闪的汉字

怕也招不回在新近组建的城市里住不惯蜂巢的庄稼汉。

老家应该还存活着某物，

以备死亡的退路。

我清楚我们所有人的努力终将是一场错误。

因为狭隘的存活理论和

人类当下对错的定义固定了每一个人的思维，

我在我的爱里也无例外。

所以我需要摆脱的不仅仅是爱，

还有"当代"这个概念。

于是，横向里我做了别人的工作，

至少在我的视线里大脑那么做了。

通常情况下，我是我，

又是树木；我是我，又是流不尽的河流；

我是我，又是永恒坠落的星辰，

是尘埃，是色彩，是一又一个群居的物种，

我是人造的物。

可向纵深处表露的放浪形骸，施舍财物，

那也无非是想引起那些知己人的注目。

如果暮色的另一端也存在着一个均匀的心跳。

那时我将哭泣，自勉，认真地活着。

也许我的爱不够真，

或仅仅是我自认的贞洁。

2018 年 12 月 5 日

我的一生是个错误

我的一生是个错误，

通过我往昔的诗篇就会知晓。

那都是真言，我努力做到的，此生不说一句谎。

就像夏日迫于某种光照而潜入水里，

我在不言自有语境的文字里隐身。

那仿佛是独处黑暗里的列车，

我静听确定了的某个字从字典里被拉出，

然后是和她不清不楚的词，

串联起来的句子，

断章，完整的篇幅。

我清楚每个字的写法，她起初的粗糙后来的修缮，

及最终的圆滑。

但我朦胧于完整的句子，

因为它往往有多重解释。

也许我从未认真地生活过，即使是全部身心地创作，

也未尝不是严肃话题下的游戏：

在某个字后，我试着搭配一些字，

以适合当下的心情。

2018 年 12 月 6 日

太久的存在

三十岁活得就够久了，

至如今五十有余我自无话可说。

曾因寿数，我对比过各类家畜：

看门的狗，我的一生活过它们五六代。

耕牛，我算不出，

丰富的肉质，它们往往会被捶死在

靠近河流的那座肮脏的院子里，

光滑的犄角再也长不到粗糙。

我没有见过树木的寿终，

它们过早毁于雷电，火烧。

但那不是自然的死亡，

就像人类的自杀、他杀，或情杀。

我不会和这类东西比寿命，

那些山川河流岩石等等仿佛永恒的东西。

我只在动物界比，

只在失意的、入不敷出的人们中间比，

只在失恋的、自认爱情就是一切的青年间比，

只在尚未成功、永远尚未成功的人士间比，

在我所属的那类人中比。

每一时每一刻我都活下来，

但每一时每一刻又充满中断、停顿，

或灵魂无息出走。

你毫无察觉地提前得到水和面包，

一辆车在你前面或背后穿过你刚好经过的路口，

及时的救灾车辆，精湛的医术，

日常几乎忽略的，且真实存在的，

且无法细说渊源的巧合，

救起你在你将死前的那一秒里。

不过，即使持续地活下来又能怎样，

我还是我，一如从前的沉默幻想。

徘徊在森林的边缘感受活着，

也无非是

同类中我所选择的行业了无起色。

告诉你死人的消息时，

往往是在说自己。

因为美好的个性色彩毁掉了，像一滴水在河里，

像一粒沙在沙滩，更优秀的人

比后来者更无情地

将我推至时间可能存在的边缘。

不过如此：再有五十年，下辈子，

我都不会过的轻松。

因为我过多地沉湎于各种活法而忘记了

不是母亲，是女人生就了我。

我忘了本。

凡生命提供的，哪怕是残破的、不幸的、

磨难的命运仍是机会。

这么依然够久的寿储，仍无法使我悟出应有的满足，

因为善始始终在，而善终始终无处寻。

2018 年 12 月 16 日

无人再走的路

青草覆盖着一条无人再走的路。

它曾通往另一个村庄。

低于两旁的田地，它也是雨水的道路。

它曾车马喧，欢愉于脚步的践踏。

它将宽泛的方向收缩为任何希望的目的地。

就算没有目的地，也会有人，走来走去。

最后惨淡的月光下连人都没有了，

它仍然不亚于喧哗的溪流。

被遗弃的脚印像欢快的鱼群在相互推搡踩踏，

以不断的叠加毁灭前行者的痕迹。

是的，外来的溪流。它裹挟着所有的生面孔

消失在

本地的风景中。

更远处依旧是一些村庄被路推至一旁，

生活在那里的人们同样被遗弃在一间间屋子里。

我好想每一个村子里都有一个家。

母亲讲过的，

我是她路边大树下捡来的孩子，

为了不使我孤单，

她又陆陆续续捡回了一些。

但她不知道，那一句玩笑，

使我成了一辈子的孤儿。

也许我的出生预示着某种不幸的灾祸行将发生，

或迫于仇家的追杀而保留一条根，

或饥寒之家迫不得已的命运抉择。

——太多合乎情理的被遗弃的理由

在后来的冥想中从一堆旧衣服中翻出来。

安静地坐在家里，

或正常的学校课堂上，我被叫出来，

哦，真正的父亲来接我了。

好像我曾拉着母亲的手寻找过生母。

但有时又觉只能这样了：

她对我好，我就对她好。

所以对道路的憎恨仅限于

别人的脚步太多，进入必是模仿，

左右于某些依旧存在的身影而让我感觉到

拥挤正是找不到问路人的原因。

我的人生不会有回应。

即便后来知道自己是亲生的

我仍习惯性地寻找自己的身世之谜。

某个石缝里，大树下，

印证我是何许人的包裹会赫然出现。

如今它已成为一种绝想。

刚好此路也变为绝路，

在无可指责的到处都是路的如今。

我是否依然是第一个，勇于走老路的人？

我不清楚。

不过，我在此放弃的行程，

他处会开启无数次。

2018 年 12 月 26 日

向阳的一侧

我愿一直待在阳光中，

在红砖围墙向阳的一侧思考我的过往。

像翻阅陌生人的回忆录。哪些事情

是错误的，哪些本不该发生，现在清楚又明了。

但最关键时刻全然由不得自己，

也由不得安静地生活在四周的任何人。

临街的窗内我仍能听清同情诗人的大有人在。

因为人生易老，人家仅仅做错了自己。

只是不太明白他们伤情于他的心苦，

还是他那无可改变的衣单和饭菜的简易。

一个小男孩，可以教他生僻的字。

向他灌输理想和爱时，却被他的母亲拉走了。

我傻乎乎跟在后面长时间地劝导她不要责备，

当时立即走开就好了。

将近中年我才变得聪明。

但那也无非是陈旧的抽屉里摸到了

往日时光锈死的钥匙。

有对策，却已事过境迁，

包括自己在内的、某些人的成长和衰弱中，

我独独起到的作用微乎其微。

因为每个人都是不能篡改的主角，

就算是种地的庄稼汉和勤劳的打工者们，

也有专属个人的光辉历程被津津乐道。

我零星的文字无法介入。

他们不需要，甚至抵触有人将他们井然有序的生活

比作混沌的生存。

就像对爱的理智是种错误，我尝试冷眼旁观，

或不言不语便是对他们的一种成全。

试想眼前的公路长出树木，

周围的房屋年久失修倾圮消失，

我所在的地方没有村庄和我，

纵使所有人迹消失，回到原始，

无人之初的浩瀚星河还不是同样在浪费光阴！

那就交由人类来浪费吧。

五十年空无作为。

童年的痕迹只剩下硬结在手腕处的伤疤。

在温暖来自遥远太阳的昏睡中，

仿佛总有人借助风的手指将我拍醒，和我谈论一些诗，

或约我在沙地早已画好的棋盘上进行一场旷日持久的对弈。

很多人知道我随时会奉陪。

我不需要有何所为，

除了闭目思考不可违的事物，

除了将深沉的呼吸变作吞吐香烟。

自卑有时又自恋的那个矛盾着的，也许另有其人。

我只负责展示自己，

在凹槽很深的棋盘上下残棋。

也许没有人来。

也许余下的日子我不循序着时间过。

按某一首诗的进度，

且混乱于睡眠、进食，和必要之购买。

2019 年 1 月 5 日

听夜

听夜，如听大海。

听夜的摇晃，如听大海的裂展。

把窗台的灯光听成烈焰。

把月亮听作打捞的船。

不妨把经过的风听成无形的推手。

孤独的谛听中也不妨把自己听成黑暗里的黑人。

失眠的夜晚，我习惯静听外面的世界。

星辰的亮度，乌云的消散都被我听了出来。

且不说能有的声响，就连寂静本身也

毫不费力地穿透我的耳。我努力听。

即使什么也看不见仍然睁着眼睛看。

失去阳光后的世界为什么不是红色的，

不是蓝色，不是其他色彩而非要是黑色？

估计老祖宗把色彩的名字叫乱了，

如果当初把黑唤作蓝，关于世界的语调或将有所不同。

当我开始冥想某个事物，

首先是一些无规则的名字

在我大脑里震荡，

而后才是沉静于内里的本质。

风带来脚步声，风是寂静的；

烈焰滋滋冒着轻烟，烈焰是寂静的；

喧嚷的人群走过，喧嚷也寂静。

因为于我，

好像总有不规则的一个圈定，

用无痕活动背后流露出的恒久静态对调我的沉默。

边缘化我，

以为我仅仅是一介看客。

但追随着谛听的坡道步入远方，

原址成了我再也不能还原的意象。

究竟我是人类的一员，还是

人类是我的一群放任他们自由的羊群？

今夜由我不由他。

宇宙浩瀚如微尘，

为何还要去倾听更细小的事物？

沉浮于静寂的声响真能平复我破损的命运？

双耳搜寻着，窗外没有与我有关的任何声息，也许遥远的地方有，但不够空间分。

无法破解黑暗裹挟的严实，

我只好把自己当外人来研究。

没有光，我感觉他很脏。

如果有人在屋外问我：有人吗？

像幼年时的回答，我会说：这里没有人。

这个房间一直空空如也，

你需要的东西都堆在门外。

黑暗中，需捂住的，

绝非我们生动的面孔。

2019 年 1 月 11 日

何所欲不可替

每完成一项工作，

我总自问这是不是我应该做的，

或必须由我来完成的。其他人不会干成，

假如我不去做。

我一生都生活在乡下，能做的也无非是一些

与农具、庄稼有关的小事，

但我热衷于这些琐事带给我的快乐。并因为只有

我才能完成而深感愉悦。

不起眼的起居之地里，我安静地做着我妻子的夫君，我

　　孩子的王。

虽寂寞地吞咽过无奈，

但也于精神之峰巅将无可回避的现实看

既往史。我是唯一活在当下，

当下却找不到的人，

因为我藏着，并善于藏进所谓的专属的事物里唱歌。

甚至冥冥之中与未完成的事物融为一体。

但当我无所事事，

便开始怀疑被代替。

我不做我，估计有人会做，是我孩子的父亲，我妻的夫。

但我既然已经做了孩子的父亲和妻的夫，

我就要把每一天过成所有孩子的父亲和所有妻的夫。

更把每一天过成解密专属于我的漫长人生的新起点。

所有的活动围绕着爱与恩。

初心就在那里。

即便平常闲坐着，仍处于与某一物的竞争中。

而有所铭记的伤痕也无非是痕迹稍微深些罢了。

2019 年 1 月 30 日

如果不是那只鸟

如果不是那只鸟，黑暗的迷失中，

我不会找到那颗路边沸腾着的大树。

也不会通过树

辨认出看似陌生之地

其实是熟识之所。

更不会知道我与我的老娘只隔咫尺。

弯道始于柳树林，

长疯的荆棘丛像士兵手中的枪刺阻于返乡之途。

而要走的小路软绵绵的绳索般将

或上或下的记忆铺满足够的泥泞。

财富未曾毁我，我没有财富。

但当突现的鸟儿认出我，

并以急促的鸣叫鞭策我时，我

正准备给她一个更亲切的称呼：我不存在的儿，

或我早逝的父。

原谅我无奈，只待夜晚好还乡。

但我止步于鸟鸣，并从自然的责备中，

撕开另类声音的含义，从而料想到，

任何的风吹草动都是有寓意的。

叫醒我——到处都是农桑地缘何依旧两手空空？

这个时间，谁未入睡？

谁依旧坐在炕沿上等？

我耻于承认的久违的身份被无情地丢在

出生地，至今仍在指望一个合理的解释。

这不再是，不是所有的人

都能陡然而富、都能光宗耀祖就能搪塞过去的。

此生之际遇，对于我，最好的结局就是躲起来，

或在异地多年的劳作中，故意将自己变得面目全非。

如流浪者流浪着穿过，

如乞者获得同情盘踞数日，

如迷途的陌生人，以路过的心态，匆匆瞥上一眼。

终不会有人认出我。

也愿整个人类全然的冷眼，和我没有关系。

即便老母盯着我看并反复提起逆子的名字。

2019 年 2 月 5 日

有人等我

我来赴约，有人等我在夜晚，
在黎明，在一切时间段里。
麦田的角落或垂柳的丝条下，
只要我稍加目力，一个乞者的形象就会出现。
他很冷，索要衣物。记得，我曾赠送他
印有淡青色雨云的一件旧 T 恤；
而今，他又来讨要，
反复讨要，一件纸做的风一吹就破的衣服。

我童年的练习簿上倒有一套，
那是我用红蓝铅笔无数次伏案描绘出来的红棉袄，和蓝短裤，
可我不想给他。
时间久了，一套衣服在书页里也能培养成人，
属于我的人，却不是儿子和爱人的那种；
你会向阒寂无人的街巷说话吗？我会。
到处都是交谈者，你掏出自己的心，他便是知己。

2019 年 2 月 26 日

重复的必要

又做了某人一日。

黎明前的黑暗里首先替他醒来，

帮他坐起，摸索着给他穿上一件旧内衣，

为他推开天空悬着的那扇窗。

朝霞映入我的眼，

但获得的隔世的感觉却被我巧妙地输入他的血液；

属于他的女人走在一条街道上，

远远地望过去，我无法说服自己和他共同拥有她，

或者在他为她奉献

物质的异味时我不能带着独有的精神撤离，

我就故意不使他们相遇。

有必要记住某一件事，

我会借助于笔端而非深刻的记忆。

谁将来读，就为谁写，我是我全部意义之外的东西：

我不是我所是的这个人，

只是他黑暗里蠕动的蛹，

只是一个密封于他体内的私密乘客。

当我脸红着说我错了对不起时，

我则是在由衷地替他致歉，

这是非常必要的。

我需要他的平凡活法来覆盖我需要解释的奇思异想。

更因为早已确信自己错生在另一个人里面，

而全然相信了某个连体的命运已将我套牢，

或者我需要放下他的负担而能使他专心保护我。

他是我高傲的心打出的一张普通的牌。

他混生活，

我负责写诗。

并时刻准备着，

给予世界两份的付出，

而有关的回报，我只求你们相信我无过。

活在他人的命运里，

我不计尘世的仇。

想想我是别人，我还有什么可说。

其实，我不想做任何人，

但我不得不为做不成我苦恼着。

也许你并不清楚，

就连过去时日的诗篇提到的我也不是我。

我没有活过，活在我身上的，

仅仅是十里亭镇一个名叫沙代的诗歌习作者。

2019 年 3 月 6 日

我活着，但不必被注意

我忙碌着，不舍昼夜。

黎明前，已将田地里的庄稼种完，

随后赶到一处工地做工，

我有用不完的力，并保持着天生的乐观。

上学时间短，

老祖宗口传下来的知识我记不住。

就在夜晚，

手写于枕头压着的笔记本上，

密密麻麻的好几张。

尽管我心里明白，

一点点就足够用的了。

不过，我还另有一本账簿：

亏欠别人的，

我用红铅笔记录；

别人亏欠我的，

则用蓝铅笔。

红铅笔预示着：谨记

蓝铅笔则是：看破，放下，随缘。

我不羡慕那些开汽车和做官的，

他们愚蠢地将财富集中到自己手中。

不懂得分享给他人的人，

不会活出人生的精彩。

因为活着的意义，

并非独我芳香。

我劳动着，虽然世界并不会因我的劳动多一些，

也不会因我的劳动而有所改变。

没有我，照样是满山果实，

没有我，依旧是谷物满仓。

这也正是我不知疲倦劳动的原因。

愿我的成果也渺小，

愿这种渺小满足我。

我享受劳动，感染身边的人，

世界既然把我生出来，

就由我来给出一个合理的解释。

人不能都富有。

我忙碌，但我不必被注意。

如果用代表正常休息的夜适时地来分段，

在我死后的很多年，

怕我劳累的身影仍旧不会停下来。

珍惜今生，

除了如此我不知道该如何表达。

2019 年 3 月 7 日

无用记录之记录

阳光照耀的沙滩上，

我正一点点融化，

融化我的既非温暖又非另类的化学方式，

而仅仅是我自己散漫的知觉。

我渴望记录我的知觉，

尽管它常常出错。

但错误的记录有时也能带来真实的感觉。

就像现在躺在沙滩上，

背负大地的感觉便油然而生。

鉴于自己的渺小，我只好弃笔于额头，

重新想象自己，是被水冲上河岸的一根木头。

如果我长出叶子，

那刚好是一枚叶子飞落我之上。

我很早就知晓了，人类就是一群孤儿，

被最初的母亲遗弃在大地上。为了迎合这遗弃，

他们只记取下半部的历史，

于其中，对己有用的部分强加利用，

像正义，良知，真理仍旧束之高阁。

如果有人认为我说错了，

请不要声张。如果第三者出现，仍予以否定，

我会很高兴，这正是我要的结果：

我有权记录自己的错觉、谬论和偏见。

我很少接触他人，

我怕某种不属于疾病的疾病传染给他们。

就像今天我躺在沙滩上，另一些人正坐在远处，

我与他们的关系仍旧是不放手的同类关系。

当他们的声音传过来时，

我希望听到的仅仅是声音，而非交谈的内容。

那样的话，我会羡慕他们，

他们的我所做不到的事业才是事业。

我毫无用处，

甚至不配有家庭、爱人，和孩子。

也许这是我唯一的一次正确的思想，

这一刻的记录才成为永恒有用的记录。

2019 年 3 月 14 日

绿荫歌

没有人看得见，

我在森林里。

我在森林里，

与鸟在森林里、兽在森林里

没有什么不同。

一棵棵树路过我。

路过我时，我勒取了它们的荫。

我带来更多的诸多的师生关系、

父子关系及邻里关系，

而这些关系被不断

划过的枝叶排斥。

我被层层包裹，实的，虚的。

遗漏的风和破碎的光告诉我，

密林之外依旧是密林。没有村庄，

没有人类，

而我全然是植物单方面的精华，

像最初的人类萌芽。

但懒惰是确定了的，

搁浅于此的，笔轻于锄头的想法

再次害了我。

这里，每株树都发生着静态中的一个事件，

每朵花都升华着动态里的一个事理，

我是事件、事理之间穿插的人。

闪身躲开放牧、采药者，

他们视我为

此处出没的新物种。

除了行走和思考，我不想说一句话，

因为我已说得够多。

而沉寂的林子里本也不需要

汉语和汉字的自然应和者，

虽然上述两者最早也出自于某种野果。

一棵树下我效仿佛陀。

却弄乱了我之为人

一直自律的广而告之的中庸之道。

还会有多少种不足留给即将到来的伤口，

如果我毅然决然地离开。

2019 年 4 月 20 日

我孤独地体尝过

我孤独地体尝过灵魂与肉体的分离。

一方面是我之轻，一方面是我之重，

两者结合本是天作之合，

两者分离我却不知该跟谁走。

所以，思维是第三方单独的存在。

即思维时，既没有躯体又没有灵魂。

而当我体会这种恍惚的分离，

我便确信此一刻我又在病中了。

不过病于我好像总能慧眼大开。

更易于我写染上病的句子和疯疯癫癫的理论。

多年前，我就劝自己，

多读书读好书。

但如果不写些东西，

读再多的好书恐怕也没有什么用途。

至昨日，隔壁银妮大嫂又一次见证了我的成长，

我也见证了她的衰老。

她是个文盲，

关于人生的理论却比一些哲人更公道和正能量。

街旁的梧桐树下，

去小卖部的途中，

她总要提及我写的东西没有人看。

除了皮肤瘙痒她似乎从未病过。

一个从未病过的人，我决不和他争吵。

我最令她折服之处，

不是为了写些东西而期待自己大病一场，

而是未经苦力，我的经济收入依然是中上等的。

我拥有尘世的快乐，

有时候也将这种快乐示于他人。

关于写作，我从未期许过什么。

关于名声，我也从不与那些知名人士们争。

在这个再平常不过的小乡村里，

我为唯有我能写出一些东西而自豪着。

2019 年 3 月 9 日

仍需知道一些事情

我熟悉家乡的每一条街道，

熟悉哪些窗口开向黎明，

哪些敞向永恒低矮的北方。

偶尔外出归来，我都会细数她的变化。

这家阁楼的鸽子飞走了没有再回来，

那家的庭院砍掉梧桐的一些枝叶，

为了显露更多的天空。

可我仍需知道并且已经洞悉了，

谁家的地窖最隐秘，

谁家的面孔是祖传的仇，

谁家的男孩生下来就是为了离开，

而谁家的女孩不入学堂养在闺中待出阁。

熟悉的事物里如在温暖的巢穴，

不用很多的智慧就会混得很好。

一些人迁就，

一些人原谅，

一些人同情。但我仍需知道，

阴雨的夜晚，或湛蓝到似撕裂的晴天，

缘何我会在几本古书生尘的房间，

幸福地预测到自己不久将要英年早逝。

很可惜，只有早逝，

而不会有英年。

死亡相不中懦弱的人。

况且我少有出息，迟钝于熟悉事物中的陌生，

甚至为了记住某些东西，

必须从大脑中挤掉另一些。

我变得身单力薄。

如果在动物界，我甚至连个爱人也争不来。

所以，老早就明白了，靠着血缘的关系，

我被圈定在村庄的蛛网里。

对错是我的，

也是这座村庄所有人的。

但我仍需知道，有所区别地待在枯燥的房间里，

所写就的这些东西究竟是不是诗。

2019 年 12 月 20 日

我没有见过美好的事物

我没有遇见过美好的事物，

貌似的，也爱去其中寻找阴暗的一面。

也许自幼跟着父母习惯于徘徊在贫困劳累的深处，

过早过多地感受生活的无望而自动

戴上悲哀困顿的有色眼镜。年少即已养成看裂痕、

看残缺、看瑕疵的偏好。或许生下来，

我就是一个潜在的反对派。

密林边缘朝阳被凝视为落日时，

我不在所看之地，

而是站立在互为本质的所视之物的另一面。

村镇人满为患，但我依然感觉少了一些。

好好的某些人忽然就不见了。

老死纯属无奈之举。无论谁死了，

都是亲身证实的失败之羞耻。

多也好，少也罢，

活着的人永远凑不够原来的数。

好在我已经学会了

以下一个世纪人的目光环视他们，

有时又以下世之人的身份进行一场略含苦涩的轻蔑。

我认为这三类混合的目光看事物才看得透彻。

我的房子挤在所有的房子中。

被某些人视为同类是你必须要属于哪一类。

生下来我本不爱热闹，但有必要去人群中站立一会儿。

除提供我在场或只是路过的证据外，

围观其实是对正在发生事件的一种尊重。

我从来不关心结果，

因为所有的结果最后都不是最终的结果。

而不是结果的结果在众口一致时我悄然走开了。说实话，

我害怕团结，那样更容易偏激。

遗憾，我从未遇见过，或通过电视、广播获知过

世界的某一处正存活着一位圣贤，

也许亘古以来就没有。

大抵的依据是同样为人，

我努力做不到的别人也做不来。

因为我自己已经足够好，足够好。

所以，某些狭隘的片面取代了我生存的全部意义，

使我混淆了我不仅仅是我，还是全人类的代表；

站在全人类的角度时我又仅仅是我一个并不复杂的关系。

有时我怀疑，

如果走出大门去完成或帮助别人完成一桩善举，

是不是破坏了世界原有的运行？

或者任由一桩善举白白流失，

是不是我因此丧失了人类的完整意图？

什么是事物的全部？当我无论怎样都面对着的是既往。

什么是完整的人类？当我难以以自身的一点

荡开生老病死圈定的最后结局。

所以，在永不满足的每一刻，

我永远保持着需要理解的等待状态，

仿佛这一生我都在为尚未降世的某个人守身。

2019 年 8 月 30 日

我从未去过远处的森林

我从未去过远处的森林，

我只从村庄远眺过它。

有时，街角残棋无人应战，

我便开始猜想那里有默然的人群等我加入。

可我不属于那里，

不过我也不属于这里，

无论身在哪里我都不属于哪里。

因为我情感之心已随早年间游乡串镇的艺人走了。

犹记得他的女儿很美丽。

她长久地盯着我时，我以为我的内秀已令其折服。

如果全世界就我一个男人，

或许我会把她当作我的使命；

而如今好男人遍天下，

那就只好把她当作虚幻的爱情了。

二十多年前我就是如此的傻，

现今也不过是傻子变老了。

因为只有我清楚，几十年如一日地

摆一副残棋于街角，实为等她祖传的技艺再来。

因为我虽孤独如冰，

但依旧喜欢人间热闹的感觉。

一个不规则的晃动的圆圈内，

她向拥挤的人群投掷微笑。因为身在其中，

便认为那赫然的微笑独为我开。

2019 年 9 月 16 日

久违的人

一边下棋，一边观察大街上的人群，
其中必然有植物、动物变化来的。
烈日下，他们的某一部位必定会
不经意地显露它们族类的原形。
有的身影浓重，有的稀薄似有似无。
一切都是碳元素。

所以最后的观察回到自己身上。
如果我由动物来，而我忘掉了，
由植物来，我也混淆了，
那我又该从哪里先入为主？
假如我是一头狼，借由一条外婆的头巾装扮来，
或由诞生人类鲜血的千年老树幻化来，
那我又如何藏得起原有物种的属性，
而与人类十分相似？
最终我都不得而知。
当我行为怪异时，
当我对自私自利全然认可时，

我就怀疑我真的不是我所是的这个人了。

这也是我不十分善待自己的原因之一。

说得再明白一点，

细分下去，我身体上的物质基础，

也不过是一些无知觉的东西。

干脆说我就是一些无用东西的组合。

把我从人间拿掉，像一枚弃子。

可我于街头摆一副残棋，则略显多余。

如果有人看我棋艺高超，

实则我只是省略了

前几步普通人老套的走法罢了。

2019 年 9 月 20 日

我又战胜了一个陌生人

今天，我又战胜了一个陌生人。

他慕名而来。

自信地在我对面入座，

并向赌注碗里放入一元硬币。

我仔细端量了一下他那蓬头垢面的外表。

他好像很不幸，比我更像一个以乞讨为荣的人。

一元钱估计是他全部的积蓄。

如果仅仅是棋艺切磋，

我会出于同情而败北。

但作为被围观者，

看似我是在犹豫下一步棋如何走。

实际是在考虑

要不要当众放下自尊而故意输给他。

我们都是社会底层人。

或许都经受了情感的打击变得情有独钟，

或许都经历过不公和压榨变得不求上进，

从而将种种的愤慨

注入一盘生无可恋的残棋上。

我佩服在我之外还存在着一个他，

一个类似的人让我内心凄厉。

我想向他说声对不起，我好像面对着自己。

我们之间需要的，是一盘期待已久的和棋。

可最后我赢了，

他输得似乎心服口服。

但那默契的眼神告诉我：

作为本地人，看客们是我赖以生存的土壤，

我在此活着需要骄傲的价值；

而他，一个流浪者，什么也不需要。

什么也不需要。

2019 年 9 月 21 日

下棋难以养活我

下棋难以养活我，

我就上山采中药卖到收购点，

或者去耕作分到的人口田。

我喜欢被淹没的感觉，

槐树林下的蒿草丛中，

有时我会睡上一整天。

要是都像我，这个世界早就完蛋了。

幸好都不像我，

而能让我偏安于此，

看流水东逝，旭日逆行。

不过，你也可以

理解为我不卑不亢的谦让

致使某些人自视为文人。

我不看当代的作品，

即使无聊地躺在草地上看云我也不看。

基于这样的心里，

我写的东西最后都束之高阁。

偶有示人，

我也会在心里默念——阿弥陀佛。

一如摆放街头的残棋，

无论我属于哪一方，

我都代表不了那一方，既代表不了楚汉，

也代表不了红黑。

因为有时候完全不是意愿中的和棋，

或者对弈者被人忽然叫走了，

再或者偏重于言谈而

忘却了手中的棋子仍是一条制敌的法宝。

但有时候忽然间举棋不定，

犹豫于我所代表的那群人里到底包不包括我自己。

我只是一个下棋的人，

这么多年之所以自动放弃常人的路线，

并义无反顾地将自己置于一大片死亡和

一大片预知死亡的环环相扣中，

无非也是想通过不断的自身积累，

去启用某个未亡的历史人。

2019 年 10 月 3 日

夜幕下，我等待的不是星辰的显现

夜幕下，我等待的不是星辰的显现。

而是更黑时辰的到来。

我消失，连同脚下的残棋

及已完成布局的剩余的忠诚将士。

像一次深刻的埋伏，

我个体人类的一切

相容于周围非人类的一切。

我想象，从头到脚我是一口封闭的井，

泉水的声音积攒于深深的清水中。

一个过路的人，

分不清我是人还是物，

低下头凑过来时，

看到了我那双正对着他的大眼睛。

他发现我正在看他。

像白天睡够了，

夜晚出来活动的一只胆怯的动物。

我偷偷抚摸天下人的财富，

或者侧耳倾听大地久存的古老征战的厮杀声。

但我能追溯的仍是我所是的

某个幸存汉人的后裔。

考虑到我诸多的不肖，

曾祖父辈以上的亲缘关系和我没有关系，

我对他们没有一点感觉，

主要是他们的生没有影响到我。

我只能以上马提不起枪，

下马握不住笔作为我一生的总结，

不这样又能如何？

历史的考量通透如熟知其技艺的棋牌，

谁胜谁负其实都在历史的不作为中前进。

我现今能做的无外乎以己之力，

借棋而言但又不便明言当世之事。

一条街道足以容纳我。

2019 年 10 月 10 日

很早我就知道了

很早我就知道了，

写诗，并不能给我带来什么。

现在，夜里十一点，我不再写一个字。

我在想过去所写的和现在写的诗都是我的穷孩子。

初为人父我欣喜若狂，

初识众子我又怀疑是否己出。

哦，每个字都是失去水分的黑金子，

而每一行都成为路途上入不敷出的假商人。

所以，我最好什么都不要写。

黑暗的阁楼里甚至也不要去思索，

封闭在仅是我自己里，

像悬崖峭壁上的一朵花。

2019 年 1 月 11 日

今天将棋盘弃置街角

今天将棋盘弃置街角，

今天直接乞讨，

磨炼我的脸皮在晴空朗日。

好多年了，

感觉与他人的不同

只是能够回到不同的家庭。

我所有的努力不为现在的人，

也不为将来的人，

只为需要我的，

包括死亡太久的。

由于进化论的作用，

现代的人聪明多了。

均知道我想要什么，

只是不太明白我为什么想要，

或以这种方式要。

残棋给我思考，

乞讨给我实际的推演，

而碗里获得的几枚富有同情的硬币，

却不知道赌自己一生是不是等值。

2019 年 10 月 12 日

街对面的瓦楞上飞落一只鸟

街对面的瓦楞上飞落一只鸟，

自进入我的视线，它就像一枚图钉缠绕住我的视线。

若不是温柔地抗拒，我现在就只剩有

一副旧皮囊。我真正地快乐过，

是在无东西可写时把一只存在的鸟视为跳跃的逗号，

视为难以捕捉到的一些句子的无终止。

下残棋时，我的目光也会在茫然的停顿中，

越过混杂的围观者对它予以凝视。

即使它早已飞离而去。

我想我今生最大的幸福就是来到太阳系，

卸下我是人的伪装，

和地球的众善同居在一起。

2019 年 10 月 18 日

阳光是如何温暖我的

阳光是如何温暖我的？

当我闭着眼睛将整个面部朝向太阳时，

那些来自遥远的如铃碰撞的金色末子，

雪一样消融于我感觉的边缘。

一种压迫进入我的呼吸，因为即使是虚无，

因其无限的厚度仍形成深刻的力量。

一旦我仰视了，我即刻被灌满。

蓝天、白云、飞掠过的鸟在它们既定的事实里，

又全然借助光在我的心灵扎根。

我现在才明白：我本属严寒之产物，

阳光则为外来之运作。

它首先是无毒的，但酝酿了太多的有毒物质；

其次是无色的，但诞生了纷杂的色彩；

久而久之后，我不清楚我究竟该是个什么东西。

我一向的清高还能剩余多少？

但由光我想到了白昼，

想到了白昼另一面的夜晚，也想到了

夜晚与黑暗的关系。黑暗是区域性质的，

而夜晚永远是个流动的整体。

整个真相，世界应以星光为主。

由于靠近的缘故，在缓慢转动的光源下，

我清晰深刻地暴露于所在的地方。

更易于被发现，被找到，

如果有人站在高处肯寻找的话。

2019 年 11 月 21 日

我是公认的

我是公认的，

这条街道上最懒惰的人，

因为除了等待下棋的人，

我就别无所事地在大街上游荡。

什么活都不愿意去干，

生下来就是我能够活下去的理由。

我更经常性地手持一把纸扇，

不是故作姿态，而是伤于情爱以来，

我总无端地发热。我需要纳凉、降温，

即便身处寒冷的季节。

总有人从人群中识别出我，

让我不能行走得更远，更自如。

没有所恨的人，

开始恨的时候都死掉了。

过去，我从男人的角度看是世界，

现在我以人的角度看。

在所有熟悉事物的背后，

我曾看到太多的不存在之物。

就像那日伫立于流动的大街，

在熙熙攘攘的人群中，

我看到上帝与魔鬼

对称于我，

均强行与我发生了关系。

人们穿过它们，它们任人穿过。

不存在之物都是私人之物，

我对外宣称过，那是我灵魂圈养的羊群。

反过来它也助我提高了棋艺。

我的书法，我用钝刀刻在墙角青砖上的文字，

也有所精进，尽管望上去更像某个前人留下的。

当看似混杂实则有序回家的人们回顾我时，

从他们幸福的眼神里，我读懂了，

我之所以获得尊重，乃是：

这样的时代，仍有人痴于情。

其实这已经足够了。

因为所有的时代都堆在这个时代上，

所有的人还是原先的居住者。

无可回避的母腹里，我仍是人的原创。

2019 年 11 月 24 日

择机，我将如实地向夜晚

择机，我将如实地向夜晚
告知白天的一些现状。
他令人怜悯，依旧在一无所获的事物上，
无区别地浪费他的阳。

它只是时间的一半，
但装扮的模样，
却足以让人误认为是整体。
于其中，我曾抓起一把现实，
然后把它放进衣兜，
却不识时务地如水般遗漏了。

阳光照耀，
阴影以减轻的重量
向下模拟倾颓，
在骤然的缩小里，并不是我凝视时，
自动地将自己排除在外，
而是在真实的流水和浮动的白云

明晰的组合中，我始终没有我的来源干净。

绕过我，及我身后尾巴似的一些案底，

天地方才将我显得彻底。

我诉说这一切的时候，

就像对着恶数落善一样，

专挑他们的矛盾点。

我需要黑暗庞大的理解，

及允许我在其内部点燃一丝火。

2019 年 11 月 29 日

越冬的油菜田

行进了足够远的距离。

无边油菜田的那一边，

我的汽车在回望中只剩下一个白点。

无疑，我也相对地缩小——

带着我高领外套沾染的风尘，

和一直形容我的时而淡漠时而清晰的

被正常体温推开的人类影子。

冬阳略带温暖，

我直视它仿佛永恒的失落。

当绿中泛黄的油菜以无限远的距离

将周围的土地微微抬起时，

我之游走更像一枚选择落脚地的种子。

我曾痛失我之为我的许多瞬间，

不只是在这陌生之地嗅到故土味道，

更于永恒无界限的一个时间的村庄里，

我无数次幻想过——从荆棘偶尔刺破手指的小径上，

有那么多乡邻远远地跑过来迎接我。

仍旧是假设。

我止步，凝视如雾的新绿。寒冷之中，

仿造的春意还能侵入我几许。

一生中属于自己的时间太少，

随时随地都在活作他人。

凝视自己太久产生的陌生，

我无法向着无人介绍我自己。

也从未细想过，

自童年长成的躯体里，无名事物早已取走了原有的东西。

所以，即便我介绍了，

也会像介绍大唐来人一样遥不可信。

确实，我是个虚幻的存在，

无论身在何处，我都会设想此处无我的时态。

油菜生长的地方让我联想到父土，

不仅仅是土地本身的流动，流失，和旋转。

更在于风的方向里，有一架无牛的牛车，

和一张刺痛我记忆的木把铁犁。

这一切都向我说明：故乡未生出我的话，

这里我照常会出生。

怀揣这样的奇思妙想我遥想远方。

关于此生秘密的美丽，此时不说，

他时也会说；

关于此身体秘密的美丽，本人不语，

他人也会言。

2019 年 12 月 8 日

扁豆角

南院，栽种了一些扁豆角。

我与它们的关系，是人与人、植物与植物

之间的同类关系。即，我们都有季节性。

它们的嘴及整个寻找在根部，

我无法将这层关系告知。开花时它们开花，

结果时它们结果；

开花不懂得灿烂，结果不为着收获。

我从它们身上取走的，是从全宇宙取走的东西，

成为我独有的全世界的东西，

却无人来取。我的变化以十年为一个基点。

尚未老，我不会让自己空着。

夕阳不了解，

晨曦也迟迟。我无法将两者视为一体。

如果视为一体，那我为何不能年轻如昔。

完成自我深沉的交谈时，

我对我没有感觉，

我零星的存在只是别人的一种感觉。

某一日之寂寥，无数过往之回味，

多个年月铿锵之奋进，

于我就是阳光在这些叶面上的停顿。

我无话可说。是此时树叶飘零、门扉紧闭，

无人肯来和我说。

像囚居，

偶尔有借口下棋的光顾，也无非，

感知我用他们生活之外的东西。

破解我，用他们惯常需要理解的眼神。

我不安于植物的安静。

就地取材的简易活法是我无须复杂地活着。

如果我最近几日离开，

扁豆角木架遮阳的棋盘下，

请取走少许的纸币，

和我叫花子似的无人知晓的童贞。

2020 年 2 月 22 日

冷漠的人

我是个自私的人，

我冷漠于看见的任何事物。

一切与我无关，

阅尽万千时间我获得的真知灼见。

不管高处驻足环视，

或是绿荫下闭目沉思。

我的渺小使我负担不起哪怕

最小的爱最短的恨。

有时候，我凝望一块白云，

一条被蒸发的船只悠悠浮过众口。

森林中，我也曾观赏落叶。

风的敌手，小小的盾牌，每一枚都由无形之手握持。

仓促地来到人世间，

才知道被许多人期望出生的竟是我；

当世界、祖国、故土、家园聚拢而来时，

我迷茫于我使他们真实，

还是他们逼着我真实。

也许我本就无足轻重，

在我与周围某些事物的组合中。

有时，我为我是男性而哭泣；

如果我是女性，则更容易靠近你，

那时我又会为我是女性而哭泣，

因为女性普遍傻傻的，

从来不知道爱她的人在爱她。

性别固然重要，但性情更能体现

有性的极致价值。我无法做到无性，

只能做到无欲，无念。

我对你无往事，无未来。

2019 年 12 月 17 日

我善于利用阳光中的一切

寒冬我就为阳春三月的播种准备着。

因为除了为生命做点什么，

我实在想象不出有何可做。

不管有没有太阳，我们都在宜居带里。

野外思考这件事时，

对于铲除野草，平整受冻的土地，

有着不可估量的帮助。

我是有幸的人类一员，

没有被白昼浩大的离心力抛弃。

也没有被以故乡为中心的

我自造的离心力所抛弃。

就像这样，我提着盛满饭食的提篮

去荒地的角落找寻野生的纯洁。

但如果有时我忽然冲动了，

在枯草的覆盖下发现生命的嫩芽，而

产生想要写点什么的时候，

我便在岩石的心灵上画一圈饱满的空白。

说实话，我不想立刻记录什么。

因为村寨的某个不平静的角落里，

也许有人正在书写着。

我更善于利用阳光中的一切。

无论走到哪里，

我都是我所站立的位置，

或我所靠近的事物的一个游动的签名。

远处的翻耕者，

喷洒农药的妇女，观察他们，

借我一枚乌鸦巢即可，

因为既透风又漏雨，

而我的思想每每恰好小到无容量。

代表阳的一些名词在我面前站立，

我喊阳的时候，

它们向前迈进一步。

而当我喊阴时，它们集体背转身去。

说不上来为何会如此。我将疾风、劲草、枯叶劝进屋舍，

想给它们讲一讲人类的起源。

昏暗的台灯下，

却谛听了一宿它们关于自然背叛的絮语。

早于成熟期的、中学时代的习惯。

课桌里，别人放的都是书，书包，

我塞满的则是各类花草、树叶，和昆虫，

我的理智仅限于此：

官员，富商，才子，

都是我不屑于做的；

或者这些人在其自然成长的基础上，

按部就班地生活着，

我不方便去替代。

而我向他们致敬，因为他们都是一些高尚的人。

如有可能，请允许我写一封致歉信，

给每一位。重点内容上

将由蓝色横线予以提示：

你们使你们所在的地方平安。

只要是我需要的，

都会在无意中找到我。

不需要的，则知趣地悄悄地走开。

我无视罪恶之果，

即便不小心触碰到了，我也会

智慧地将它们安放在为善服务的地方。

我有过对自己

秘密的失望，那就是习惯了一个人，

致使沉默像一扇门，在我咽喉处，

关闭了一系列语言的颗粒。

但愿在故乡我永远是寂寂无声的；

但愿我写出的一切，

在太阳升起来后，消失不见，

仍由后来人去写。

2019 年 12 月 18 日

阳光从窗台进入我的屋子

阳光从窗台进入我的屋子，

不请自来，我自是充满敌意。

但就其从浩大的球面选定我这方清净之地，

还算它有眼光。

也许它根本不知道这是我的所在，

因为在它的视野里本也没人间。

它之所以通过直线，

并利用折射将我呈现，

是因为我的存在和它的存在，

无差别的结合，

有我无我，

不会更暗或更亮一些，

有它无它，

我的失落都在醒来睡去。

但即便它不了解，

却依旧于无觉之中培养了，

我身上一点点的全人类的血性。

而作为回报，我隔空

往它那巨大的熔炉里投填了想象之柴。

2019 年 12 月 20 日星期五

小院绿竹

院内绿竹

不知道自己生长在一个院子里，

也从未思考过遥远的南方比北方更佳，

或者置身的北方佳于南方。

她没有主观上的一切。

包括遥远这个概念

以及我作为

朋友的那个概念。

生命无一刻不在明净的幸福中，

是我望向她时产生的感觉。

树以森林移动。

她长期居留在此，完全是她不晓得

自己古之翩翩君子的身份。

但也因此我怀疑，

她静待我主动交易。

阳光移动，

我的座椅变换位置，

但她始终在我大脑的视野里，

用侧向一旁的一条枝叶

仿制一只狮子探出丛林。

有时候，她不停地在空中写字，

紧接着又擦拭掉。

再写。那么自信，

仿佛知道迫于自然所写就的，

究竟比某人要强得多。

当然，所有物种只能选择

简单的象形文字。

可我在其中不想看出有什么内容。

因为首先入我眼帘的，

是几只麻雀效仿的暗黑的果实；

我猜想无论从哪个角度和角落分的身，

她都是永恒根部的一部分。

逆胎生和逆卵生的那种，

更不是由种子决定的现代仿品。

在小院宁静的生成中，

她是原始的那个她，

无辈分差异的那个她。

一些与现代气息无法通融的，

比芦苇更坚定地

铺设于天空的管道。

从我的视角看时，

已经从人类的角度看了，

并对我们人、物的合并予以

另一方物的肯定。

拉着植物的手，我奔跑在旷野。

太阳划过我们谈话的孤立，

划过我模糊的生存，

和她最佳存在状态的无欲之寂。

2020 年 1 月 2 日

我的静在众多的声音中是颗珍珠

庭院的一角，

我坐等黄昏来临。

当阳光撤走屋檐上透明的鱼尾，

一种洞穴似的生活将黑暗吸附在我周围。

确切地说，我与太阳开始隔开一个地球。

虽没有感觉上的疏远，

虽此一端的空洞非原来的天空，

但感觉我比夜黑，

我只是你暂时理解的东西。

不要说，渺小的我需要巨大的遮掩物。

有时候阳光的照耀都不会发觉：

我的静在众多的声音中是颗珍珠，

在众多的静中，不因静而被妄称埋伏。

——我不要捕捉什么，

我的身上，外来的物质已经够多。

如果夜空果真是那个真实到来的下方，

无齿地拨动，和有间距地触碰，

都可能是徐徐而来的凉风的出处。

此中，我独享重力，

像某个千年的遗留。

但我内在的感觉流淌，渴望有双筷子

像夹一条夜晚寻食的虫子一样，

把我从人类优先的状态中摘除。

因为群居之地，我的独醒好像伤了众人。

尽管我一直放手我所是的那个东西，

努力只总结自己，而不提尘世一点。

是我自己变老的，

与时间无关；

并且，通过昼看到的事物，

通过夜，我再看一遍。

我只想看尽一天的时间

如何无缝隙地运行了五千年。

但在此间我必须被夜晚长久地踩着时，

我另一面的通常性

好像因酣睡正变得瓷实。

黑夜是座密林。

我被厚重的落叶覆盖着，

拨开众人才能找得到。

但最后找到的将永远是一双明亮的眼睛，

而非完整的我本人。

2020 年 2 月 20 日

避雨山神庙

骤雨将我逼入一间土庙里，

关闭木门的那一刻，我即被审阅。

当然，我属于那样一群农人，

避雨时从不诅咒天气，

并视雨为一场熟悉的天地间的游戏。

理论上，这是暂时性的。

我本不在原有事物的有效序列里。

像某个突然挤进来的假设——

将滴水的草帽摘下，

或把农具斜靠在墙上；

我抖掉脚下的泥泞时，

正隔窗望向穿飞的燕子。

如果云层很厚，或没有停息的迹象，

我会用上衣罩在头上狂奔回去；

但只是阵雨，那就坐等红日。

我一向不关心所处的环境，

在故乡我早已习惯了沉默。

就像现在与神共处一室。

我不回头，不言语，

靠在窗台像等待晾干的感叹号；

我理解我自己总爱站在对方的角度，

如果其中暗含偶遇，

请恕我无心的沉静。

请恕我为了回避神秘

而忽略了事实上的朝见机会。

因为那时我感受到了背部目光的压力，

尽管那双一动不动的眼睛

在我回望时才是不动的。

临走之前我真该求点什么，

可我未有壮志相索求。

2020 年 4 月 18 日

现在我是几十年前父亲预言的样子

现在我是几十年前父亲预言的样子，

不孝，终于使我活进他划定的范围里。

每个姓都是遗物，

另外他多留了些挥之不去的鄙夷。

人生百年，他早我生。

决定了常理中的早我亡。

他是他一走了之，我是我

从少不更事到花甲的足以能和他称兄道弟。

就像当年他站在地头吆喝初学耕作的我，

现在他一直在丧葬时的年岁静等我靠近。

他身后有一座密林，

有死者终极之处看生者的透彻。

如果我令他失望，

我便是我全部意义之外的东西。

即，除了不想成为时间的儿子之外，

我也不想有什么人间的父亲，

最好我是野外忽然生成的，

如一阵风，如太阳突现的阴影。

所以，我更经常地在他的屋子里否认他的财产，

在他的田地里否认他的劳作。

我也不需要用血液和黄皮肤去笼络以后的什么文化。

既已和他撇清关系，

就和这个世界不再联系，

就坚信与看到的一切均隔着空气的屏障。

这也是我常用笔名，不暴露他们的一个原因。

2020 年 4 月 21 日

上坟

小时候，跟着父亲去上坟，

我跑呀跑，但始终落后于大人们的脚步。

那是荒野最热闹的一天。

全村的人几乎都出动了，到处都是鞭炮声。

我清楚地记得，当时，

所有早到的族人都回望我，

一个小后代正蹒跚地最后进入墓园。

像终极的集合。

2020 年 4 月 23 日

我想知道

我想知道，

未来我会死于何年

和何地。

我高兴这无法计算，

否则，我岂不成了一道数学题？

但我身上确也存在着许多数字，

身高、体重，鞋码、腰围，

具体哪一组数字与我的寿数有关，

我不得而知。

至于多或少活几年，

对一个长者来说已不那么重要。

因为世上所有的诸如

穷富、对错之类的矛盾统统经历过。

至如今，甚至爱也显得厌烦。

活着就已经提供了巨大的机会，

让我认识了父母、爱子，

还有其他无关紧要的许多人。

而几十年活下来的我个人的死亡史里，

我演我，那么多真实的人陪着。

但不管生存状况多么不同，

皆因虚幻使人动容。

圆周率有用，

所以才埋伏下来。

至于说到那些大人物，

或许死亡的时间和地点是被计算了的。

我普通如自然的风，

但即便有所不同，

我的不同也仅仅是对整体的补充。

当语言勾住语言如锁链，

我体内便摇坠着深长的辘轳之绳。

无法到达清水区，

因为只要我说出，那必是肤浅的话语，

而表达得有时又那么不准确。

语言之错，错在老祖宗表情的单一，

没有准备更多更精准的组合

来推演人生。

最后，我可能会死在拓展的语言上。

从字典的缝隙里挤出来的那些文字，

像洗萝卜一样，

我洗去任人使用留下的污迹。

我用无数的影子建造了一座洁净的房子，

而我一直留宿的故乡就坐落其间。

像硬塞给我的东西以死亡为最大，

以死亡后的感觉为最真。

2020 年 4 月 29 日

飞起来的羽毛

一根羽毛在飞翔，

风中如雪地跨越的滑板。

这是好多年来第一次飞翔，

而我释放它，

自中学时代一本陈旧的课本里。

但显然太生疏了，

它需要不时地降落下来，

在地面喘息。

从前是别人的翅膀，如今它没有翅膀。

它猛然地旋转，腾跃，

像母亲在身边教导、初次学飞时的样子。

尽管现在不但母亲不存在了，

连它也是不存在的。

它只是一段藏起来的幻觉。

阳光下，它呈现出缤纷的色彩。

柔软的羽绒再次变得充盈。

从我眼前掠过时，死亡的升华

使它更像生命消损的一枚落叶，

更像这白昼浓缩的心跳，

像我个人的一个逃逸的思想，一个

曾经有过的不为人知的邪念，

像遗忘了的却一直锁着我的链条。

它原本的轻柔，是天生承重的保证，

它保持着这样的自尊，

被风拥往前方。

我释放它，自我的内心。

几分钟的追逐后，我不再追逐。

随它去吧，它不会找到肉身，

它只会高挂在荆棘丛，

并在那里被风撕裂。

如果飞鸟的轮回是个理由，

在更广阔的视线里，

会有一尾鱼划开空气向我游来，

我将毅然合上天地这本大书。

我少年的珍藏是永恒的孤儿，

是我男性的慈母伤情的一具小小的尸体，

埋在曾经熟读的文字里。

我与尘世的缘分将尽时，

是扎痛我的一支久已备好的记忆之针剂，

其中有我对另一物种的怜悯。

我伸出手指供其轻舔。

2020 年 5 月 2 日

我来赴约

我来赴约，有人等我。

门外，窗边，矮墙旁的小路上，

他脚步声敲打我心灵。

夜晚他是黑色的，白昼则透明。

我们从未相见，尽管多有交谈。

他等我，保持着距离。

虚幻使他不便领受真实的东西。

如果触碰，他将消失。

矛盾论使我们相互吸引，

中间隔着真理，我们都正确。

我们中国人的习惯，该称呼他兄弟，

可他竟喊我父亲，

我惊惧到不敢应答。

后来我才明白，

童年的练习簿里，

我用红蓝铅笔无数次伏案描绘出来的红棉袄，

和蓝短裤

装扮的那个人长大了。

青少年时代，

我坐在镜子前对自己的那些素描

也在复活。

如今，它们集为一体。

总是约我出来，

代表已逝的快乐的追求生活，

逗我穷开心。

2020 年 5 月 11 日

我并不想这样

我并不想这样，

把这巨大的尘世视为虚幻，

一切真实可感，房屋、楼宇、天空、日月，

即便将来某一日我不在了，

它们仍在那里。

我并不想这样，

隔着临街的窗，探求每个人的

来龙去脉、孰优孰劣，

能够从家中走出来已是一种融合。

我并不想这样，

在一间幽暗的屋子里苦思冥想，

自动放弃了其他的技能，

逼自己独对青灯。

我并不想这样，

别人写了一生的书，两三天我就看完。

我要在书中住上一段时间，

找最美的女主人公结婚。

2020 年 5 月 19 日

之外

望向远山，望向流水、松林，及林中碑林，

不用望远镜就能解读它们，

熟识那份连起来的混沌，

称为养育的热土。

但假如靠近了，

就会发现山被开采，流水浑浊，

松树的个体布满疤痕，碑文模糊。

看景的美景瞬间摔伤在赏析里。

身临其境使人迷离，

就像在家体会不到国土。把自己放小，

弃置于无边的意义，

我不愿将人生的风景定性为自然。

我愿视线里所有的事物都无限缩小，

最终成为一张风景宣传册。

静止奔走的旅者，被线连起来的景点

都揣进我的上衣口袋里。

我愿整个世界也缩小，所有人能在某种

扭曲中走出来，

像拧干衣服里的水滴。

最后滴入各个微妙的关系中，

但希望不会迷失在狭小的不幸里。

人类社会不存在任何时代，

只有逼你习惯的日常。

2020 年 5 月 20 日

没有所谓的终止

夜晚的凉风中，我站在原野。

天幕旋转，我略感孤单。

我伫立，名字散落一地。

一向所依持的人的优势被无名的事物盘算。

没有所谓的终止，

一动不动，我们随硕大的石头飞奔。

我们，是我和周围的所有物，

它们没有命运的波澜。

树木看枯枝不是尸体，

我是即将枯竭的水池。

墓碑和家和我的三角关系，

正在并拢为一条直线。

小人物也需要名声，

操劳过后，我每次都睡得心安。

我无法归去。

身后没有什么善举值得提起。

2020 年 5 月 22 日

很多动物喜欢生活在人周围

在整团让人心跳的寂静中，

在隐蔽如秘密据点的林场里，

像被遗忘了的，像被人为圈定了的，

并企图在我们身上获得忍耐数据的实验品，我和我的爱人

半隔绝地生活着。当然，我们不是想象中的隐士，

也不是逃离某种存在的压榨而于自然里掏洞的苦寒者。

我们的储藏室里堆着太多的食物。

区别于在人之中寻找敌手，在此，

我们重构地球的皮肤，

让森林与森林相连；重建原始，

在没有可供星际移民的选择中。密林枝叶晃动的劳作里

我们恰似那对最初的男女。

被珍贵的人性吸引，

很多动物喜欢生活在我们四周。

白色的绵羊，黑褐色的牛，更多种类的

动物们聚拢在一起。有时带领它们的孩子

在夜晚的篝火旁携手舞蹈，彼此没有恶意。

并不是素食主义的蔓延定性的仁慈开花，

而是在重返哺乳动物的未来历史的进程中，

更广阔的平均，让动物们逐渐进化得聪明，

我们退化得智力低下，

低下到任何先进的科技都一无所用。

2020 年 5 月 24 日

真正的疾风

我遇见过真正的疾风，

在进入一个坡地的最高处。

它骤然吹散我的体温，

落叶般，将我最珍贵的回忆送远；

我的血液倒流，

体内众多的寄居者裹进上衣，拉上拉链，

沉默地走出来，与我保持距离。

我倒行，

我的洁净在面目全非里。

同此遭遇的任何人都这样：

不会为了被识破的价值，

毕其功于一役，

而甘愿视喧哗的衣服为旗帜；

也不会为了获得什么，

而要在极端的境界故意露出区别。

我不能开口，不能理解，不能有个人的感受，

强劲的风早将此处的时间吹灭，

徒留一条看似普通实则难以通行的路，

检验过往的脚步。

当然，此一刻，我流出的泪水无关感动，

闭目并非思考出路。

灭绝一切的风很难遇到，

我多站一会儿，

直到所有的梦被吹跑，

我整个的停顿成为弯曲的抵抗。

2020 年 5 月 24 日

因而

因雨雪，我自小就知道天上有好多东西，

只因日常而不常显现。

但因此，我也知道了，

太阳因落西山而起自东海。

也知道了，开始因短暂而成结束，

望眼因长久而能洞穿；

泪因流出而身体减轻，

呼吸因往复而不算增减；

辘轳之绳因桶而直，

急切之雨因风而斜；

夜因更夫而小心火烛，

昼因重影而揣测相随；

你因我而他妇，

我因你而他乡。

但因此也相信了，

爱与恨因矛盾而根在一处；

也怀疑了，

杨木的课桌因男女而截线，

挂在学校食堂外的

久未再敲的那块铁,

因腐烂而地月之间的引力在骤减。

2020 年 5 月 27 日

我歌

请不要给我什么，

让我去摸索。

凡要给我的，

我都会拒绝。

所能给予的，

其实是我的。

蓝天有白云，山坡多羊群。

凡我路过处，我歌飘扬着。

我是自己官方的随从，

钦定的保护者。一降生就在某个怀抱里。

也在迎我的秩序里

我是我，也许是个错觉。我是你，

是每一个人，大家共用一个躯体才是真的。

一本字典，开开合合，每天

为所有的人忙碌。我名字的三个字

绝不是单纯的组合。还迎合他人的取舍。

我随意而活，从不设防。

如果你愿意，可以来考古，

有很多老物件，

在一代一代传下来的身子里。

我身上神的痕迹是人性的，

我只是个模具，神倾进欲裂的铁水。

想认识我的不必看我的脸，

想倾听我的不必靠我的声音，

想让我加入的不必查验我的血，

想施舍与怜悯我的，不必给我尘世的所需。

2020 年 5 月 28 日

无法形容的风

看到鱼，

想没水了，它仍在那里游；

看到马，

越过悬崖时，它打开隐着的翅膀；

看到风，无法形容，

平平的像玻璃，滑滑的像皮肤，

它给人一种浸泡的感觉，

像在大海里洗浴。

2020 年 5 月 29 日星期五

不必太多

我不想把自己搞得

那么有学问

能出一本薄薄的诗集就满意了

能写一本短短的爱情小说就知足了

不必著作等身

不必塞满一屋子书

多了就成为装饰品

2020 年 5 月 29 日

记第一次驱车出门

家外就是大街，

我初次驱车外出。

目的地忽然不重要了，

如何顺利出去才是首要解决的问题。

大街不是某个人的，

人们永远喜欢聚集在那里。

比我更早地占据了必经的一些要点，

没有了我要走的路。

有意似的，

一些人还没离去，

另一些就从拐弯处冒出来。

已有的车辆总被逼停，

显现不出优越性。

而其中又看不出谁有意阻拦。

路是脚步的自由，

相向而行的人们

会不会同过去一样

临近时自动让开?

过多的否定他们是不道德的,

因为首先是我不同于往昔。

如果困于夹缝中,

那也是我自作自受。

将思考浪费在举棋不定中,

是难有回报的。

人的浓度我重新定义。

将车倒回去,

徒步加入他们才是最稳妥的出行。

2020 年 6 月 5 日

一粒土地

一粒土地，自院外飞入，我耕其上田。
一点大海，落自晨梧桐，我养其中鱼。
小小的仍不失其本质的事物，
总被我有幸捕获。
我于其中练慧眼。

练毛笔字，
在一米晴朗的天空上。
用一枝断臂的森林。

练爱，
给一位少女的背影赠送一朵花的春天，
并将一落叶的秋寄送挂历女孩。

我不喜欢太大太真实的东西，
我的一生就毁在这两件事上。

现在，我秘密地拥有万物，

我抓住了它们最小最虚无的部位，

就像俯视山川双目游走的那样。

而配合我浓荫下静息的，

空谷如摇篮，巨大的脚印在睡眠。

2020 年 6 月 7 日

微雨湖边行

抖落掉口袋里的那些字，

我知道，它们会随雨水注入陶罐状的湖里。

与纸的压力解除了，横平竖直

还原为一些墨迹。从此无人知晓，

靠乱象糊口的那个人

其实是我。

还较真于生活。

如果头发也算身高，

那么影子的重量

必要加进我后续的体重中去。

前提需阳光普照。

但此刻是阴雨。

湖面上涨。

浮动的莲花下，

淤泥里的一截截的

正在组合的人抬起头来，

意欲去那微小的旋涡里，

拾捡那些碎片，

纠正我的语句。

我靠近，倾听另一族类

对人类至情甘味的分析。

究竟有多少连篇累牍的废话

污染了版面，

疲倦了期待的眼？

湖面收集雨水，

洁净久了，它需要一杯龌龊。

然后以脏东西的沉淀之名，

以微粒的沙土从内部磨砺自己。

2021 年 1 月 10 日

一个素食的垂钓者

我同情水里的鱼，

我称它们为缓慢增长的水之核。

厚实的水草间和蛙衣的覆盖下，

它们无迹随意地游走，

基于难以体会的围困和阻力。

这也是它们艰难长成我之见，

仅仅为了呼吸，

它们就需要不间断地排水，

何况深水区那些透明的柱子没有缝隙。

我来投食，

那个下垂的诱饵里没有钩子。

我无法让全体知晓。

在它们的眼中我是一切人的样子，

同我们定义里的鱼是所有的鱼一样。

我们和鱼本该没有太多的不同，

如果原初的陆地上没有陆地，海洋里没有海洋。

垂钓于我，是想建立直接的互信。

而非那陈旧的折射的曲解。

当然，在一个素食者的心里，

所有动物都不是随意地与我们并生，

它们自有辈分里的神秘安排。

终日奔波的所获，

都不是我所想要的。

一个背着渔具

游走于各个水域的素食者，

是个隐秘的丑角。

人们都知道他是沉浸野外，享受太平的宁静，

实则是现代人装扮下的苦行。

2021 年 1 月 14 日

暮年观我灵魂之舞

灵魂从我身上散去，

在不远处又组成我形，

她透明如蝉翼，视觉犹丝绸。

拂动像枝丫间的蛛网。

摇摆恰似那薄玉融化，

莹莹之光，仿若我年华余烬。

为我独舞，如纸片之人。

裙摆旋舞的触碰分明千丝万缕，

近在咫尺，又倏而远去。

我卑微之身的一半组合，

多少次从内里装饰我，像装饰一间供其起居的屋子。

没有人来此做客。

那些良夜，只有她孤身进出。

只有她与我围炉夜话，

只有她淡化我的疲惫宽慰我的自语，

只有她比情人更近一步，

让我是我的感觉更具一丝真切。

我无法推开她像推开一种本质的东西，

我无法对冥冥之中我内部的女性喊一声母亲，

因为她一直养着我的浩然之气，

让我在尘世底部行走时，

时时像个侠士。

人，易亡之物。今夜，她演练与我的诀别。

花朵常开，

枯竭的手臂

已托不住那些美丽的旋涡。

是的，天地之错，

让人间有人们爱恋的独情于书的少年，

让他的灵魂似少女，却也让

这少女在他衰老时仍年少。

不能随之而舞，

整体的我，

早已分化为悲欢往昔的一堆纸屑。

所有的字凑不成一个句子。

哪怕是伤心的句子，此刻也算作一种安慰。

可只有冰冷的字眼叠加，

像同一棵树上的落叶即将被风吹散。

无法解释我无边的来源。

短暂一生却又分明感触到恒久存在。

悲伤莫过于以前许多世纪

没有自己，世界还是好好的样子；

也莫过于顿悟之后比未悟还迷。

不能随之而舞，

虽然拄杖如倚剑，华发仍飘逸。

我曾有一件两式的宝贝：

一是我的灵魂，

一是我的骨。

而现今，

我豁然为我灵魂的生父而她依旧是浩瀚星河的孤儿。

这种矛盾的血缘关系

逼着我去重新定义惨败的自我继承，

那永久的失传。

一个模糊的身影在皓月之下舞蹈着，

那是我用空的形体于黑暗中无声投影。

其凌乱的无脚之态，

欲分离又来相拥。

愿她早归天际，

愿剩下的肉体腐烂于泥土。

愿这厚厚的泥土是多少人的感恩，

追随星辰而漂移。

至此，

自己写给自己的挽歌显得多余。

2021 年 1 月 20 日

冥想

我在晴朗的天空下耕作，
庞大的世界安静地铺展在周围，
它用众多的眼睛观望我。
远远地围绕着观望，
在我看不到的具体的地方。

那不可估数的眼睛里，
仿佛我是现世存活的唯一的一个人。
不知道从哪里来的，
正在做些什么。

开垦是个奇怪的动作。
在大自然不复陈述的记忆里，
人来了，
百神在退却。

2021 年 1 月 15 日

本地人士

生活在已习惯在此生存的农村里，

我，戴氏子孙，年方二八。

年方二八，几件衣服便决定了我不那么英俊。

我放羊，身上羊的味道杂陈。

我不是羊，

虽然我同它们的生活几乎相当。

当然，这是我十万分之一的工作。

如果逼着，我皆有可能。

但没有人那么做，

我是他们不得不放弃在同类中的一个心理安排。

村子不大，好多人

知道我爱写一些叫现代诗的东西。

不过，喜欢的不多，

因为这东西看上去就比老祖宗的啰唆。

人间小我生当死。

我不在乎被谁否定。

依然尽我所能帮助别人，只要有人开口。

我今生怕是难以成家了，

因为好女人都是用来欣赏的，

不是蜡烛，

消耗她们是桩大罪过。

在农村，像我这样的人才往往很少，

所以总有人找我写一些东西。

我很自豪

自己还有那么一点点用途。

我是本地的，

我的一切就应该服务于这里。

我不求世人皆知。

安居的小村落里，家喻户晓就已经知足了，

像那位剽悍的张屠户，

像那位沿街叫卖的本家二叔。

2021 年 1 月 22 日

同渡

结束了城际间的列车，

来至有风的码头。

一群晚归彼岸的人在等我，

其次才是那艘没有时间观念的船舶。

他们靠拢在一起，

像极寒天气里的企鹅。

我慢慢地走近，

带着自身那无足轻重的一点墨迹。

没有人同我打招呼。

没有人对我多看一眼。

仅仅用微弱的余光，

有些人感知了一下，

我可能带来的孤单。

我感谢他们，

遮挡了让人泪目的冷风；

感谢他们，

以自身的色彩温暖了周围的空气。

我永远无法记住的这些面孔，

某一段距离的

我个体命运的共同担负者，

我感谢你们无求回报的刹那凝视。

没有哪一秒的时间是短的，

没有哪一里的路程不漫长。

无论我走到哪里，

甘愿与我同行的人们，

眼眸里流露出的坚毅令我折服。

——他们唯恐掉队而不能与我比肩。

感谢他们无声的陪伴，

感谢他们理解，

我的归宿与他们的家不同。

2021 年 2 月 1 日

无眠之夜如同一场海葬

夜半我被惊扰，

发现我在我梦的下方已航行了很久。

地板何时变得潮湿，

屋顶何时开始咯吱响，

墙壁何时洗尽灰尘而透明？

房间本来是时间接我的车辇，

而此刻也成了下潜中的密封艇室。

陆地生活被远远抛在身后，比不得微循环，

我带来的随波逐流被暗流冲散。

越下降越温暖，

越有刺骨的静谧。

回首所来世界，只剩下散漫无力的光线

被海水无情地洗来洗去。

那里，芸芸众生弃我如我弃，

我在其中的作用没有我本人大。

我失去世界小于世界失去我，因其守恒。

从海之底最后我游进夜之底，

沿着滚烫的最下层地幔，游进细长的丛林里。

这里没有紫外线，

没有人的同位素，

没有写爱的虚假圣手。

这里，所有植物都像牢狱之绳，

所有的美人鱼即不是人也不是鱼，

所有曾想象太久的自由都被压成了异形。

而我的呼吸也像长久地贴着一张纸。

我悬浮着像一场漫长的分化，

一层层被压平的波浪，

以棉被之爱轻轻将我盖上。

略知身后事甚是幸运，

回顾一生像一件往事其乐也融融。

那里，宁静、辽远。

那里，曾经的我之为我澎湃有声，

智慧与愚钝，正义与邪恶，阴与阳更因矛盾而何其莹莹。

身边有个人间像小人国，

思考其中奥义的无眠者更像深海沉石。

可没有事物肯下到深处指证，

它也是地表不可或缺的密致相扣的一环。

2021 年 2 月 24 日

一枚落叶

一枚落叶，经冬雪而未腐烂。

被风送至我的麦田，

它两边弯曲，浮在灌溉之水上，

像一艘小船。

错觉里，又像一张微启的

反过来或曰，被语言卡住的唇。

它全部的内容仅止于此。

在狭小的水道里抬起微澜

然后在旋涡上扭曲它的城。是的，

薄薄的一座枯城，

所有色彩撤走后再无本色来渲染。

干脆说，它乃卸下负担的单片羽翼。

那青春之鸟划开空气时用过的桨。

距离如此之近，俯身伸手即可拾捡。

可我的手，

受过幻觉的伤，戛然而止于又是一处描黑的虚幻。

它流将过去，

用一艘巨轮的傲岸将我甩在后方。

它必定去到该去的所在，

而我拄着铁锹僵立在初春的冷风里持续思索着，

植物的知觉是如何体验的，

大千世界及个体在密林中的位置又是如何感知的。

像童话一样，希望当我们背过身去时，

它们的枝干能够幻化为无限延伸的触角，

而主干的某一处会露出一张沧桑的人脸。

——用以交流、劝善，和享受朗朗宇宙的浩然风气。

私下我和它相称为我们，

但此刻它却不知我们所命定于它的名字要早于有它。

分类的恶果，个体的统称斩杀了个体的自我。

不知道自己是落叶，

风沙阵营里的一枚干枯的弃子，

而我又何尝知道我具体被叫什么？

又何以能被扫进人类的沙堆竟至于如今站在

庄稼地边更像一个稻草人。

站在一成不变位置上，我苦苦思索出路时，
庄稼地里多余出来的水瞬时冰凉了我。
被包围，在自我的又一次事件里，
我无法迈出下一步。
语言出自哪里，哪里必定也出产沉默，
而并非单一的卡顿、语塞、凝噎，
止于此刻显示的态势，所有的现实
都是以往的伪装。落叶是何物的伪装，
我便是伪装的何物。

于是，我掏出笔记录此次灌溉结束的时刻，
并大声呼唤下家接水的人。当然，大声，
全然为了打破纯我。因为，
有那么一刻，随水回流的落叶竟是一枚残片，
而我试图寻找一副铠甲。
在大地的某一深处，它已埋藏的太久。

2021 年 8 月 5 日

以旅游的名义

我游历过许多陌生的区域，但为我
所铭记的寥寥无几，
因为欣赏奇峰异景只是一种外在的形式，
排遣胸中的窒闷方为实情。
看景时，闭着眼，
让冷风长久地吹疼我的脸，
或让炙热烘烤胸膛。

来人间太久了，
哪里最适合我居住？
故乡吗？那里的人们
互惠食物，太过友善。
真实，是绿色中总出乎意外地藏着村庄。
人性，是你猛然望向的一个，人的外形。

但我仍不时地到各处风景前留照，
放许多自己在祖国的大好山河里。
这不是减法，也不是意义上的叠加，

相册中，它们最能证明我微末般主人的身份。

如果有人无意中被我强拉进同一张画面，

也许将来的某一天，

在报纸的一角，

我会详尽细致地描述他的衣着——启示寻找他，

或直接凝视着告诉他：

同框机缘的背后，

是我们痛失了多少次同陌生人共话桑麻的时机。

以旅游的名义，我查看了各处可以称为"我"的土地。

又以旅客之心，在安居的故土里

同众乡亲相守在一起。

他们是我永恒风景中的神秘旅客，

是我一无所变生活里的孩童分享。

感谢他们允许我

因熟知此地而能知天下。

2021 年 9 月 3 日

从无人的村庄穿过

从无人的村庄穿过，

我的脚步迟疑于人们撤离后，

这里的生活仍在继续。

因为，一朝人的痕迹在，

似乎便为恒久。

从无人的村庄走过，

就好像有些人为我来而集体搬离。

——我需要无言的舞台，

或他们过早深入了解了我，

怕我写他们而逃散一空。

从无人的村庄走过，

没有一扇门户容我歇脚，解饥渴。

初次尝到的滋味，

混迹于他们，

去他们中间寻找榜样该有多好！

从无人的村庄走过，

所有的原住忽然充填了原先的位置，

灶台生着火，汲水者扭动身子挑帘进入，

牛羊无主闲逛，孩子们在旁边玩耍。

从无人的村庄走过，

好客的人们突然围拢了过来，

抚摸我多皱的脸颊，搓捻我粗糙的手掌。

将渴望同情的我引进温暖的家舍。

2021 年 9 月 27 日

我体验过另类的太阳

我体验过另类的太阳，

它下降着，

在浓厚的乌云中烧开一条缝隙。

滋滋声响彻，

整个天空一片血红。

我从庄稼地深处退回来，

将农具收集在一起，

汗衫丢在车辕上，

迎强风而抬起我的头颅。

恐怖的信息由远及近，

稻草人摇摆着，喊我和他并肩站立。

这个了无胸怀的人！

这个一直悲悯着我的人！

我不在时，守着我大业的人，

仿佛更易于带我返回历史的甬道，

回到既无来源又无出处的时间原点。

遥远处，高达挺拔的风力发电机依旧旋转着，

绞肉机内部原理的外露打碎乌云。

直切之线垂落下来，

分不清哪是阳光哪是雨滴，

我们光明而又湿润。

2021 年 9 月 29 日

想象我的母亲

想象我的母亲是一眼山泉。

一生下来，我就在不可避俗的流经之地里。

会同她无尽的孩子

毫无差别地混扰在一起。

一个轮换的命运等待着，

我将被卸载在沿途的某个干涸里。

想象我的母亲是株植物，

我欣然地拥有了绿叶和花朵，

并安静长在所在的位置上，开自己的色彩，

随季节的轮换而盛衰。

想象我的母亲是牛羊，

那我同样会，在吞食野草时紧盯着人类，

像研究刽子手一样，我将斜着眼研究他们，

同时也渴望同情和抚摸。

我挣扎着被取走皮和肉。

想象我的母亲是我尘世的母亲。

在她众多的孩子中，我是可有可无的一个。

初始于她的腹内时，

更应该是我的兄弟，或姐妹。

结果是我时，我排挤了他人。

如果我未曾出生，

那很可能还在土地里。

我确有再次降世的机会。

这进一步说明了，

我是她眼里的孩子，

和她是我眼里的母亲，本不在同一条视线里。

如果我真不是她的孩子，

于她肯定更有益。

但不管我是什么物种的孩子，

我都会，从那个物种专有的属性里脱颖而出，

向着至善而力行。

向着至善而力行。

2021 年 10 月 7 日

我无法劝导那些老农停止劳作

那些老农在我路经的土地上劳作，
我无法劝导他们停下来，
和我一起去凉爽处歇歇。
只能借口迷路，
同其中的一位临时聊上几句。

我发现大家都知晓的
一些古老的知识
现在对他们还有用，
忍让、谦逊的处世风格
在他们还有深刻的反映。
渴望土葬，在婚丧嫁娶上依旧看重
亲朋之间的走动，和礼尚往来。
喜欢把人活成一个团体，
上推五百年同为一宗这样的观念
仍存储在他们血液里。

短暂的谈话，便把我拉进一个

善始善终的

圆润的世界里。

相信神祇，敬畏空虚。

对土地的依赖恒久天长。

后来几多时日，我一直在思考，

如何从他们希望的——如何使我放下书本

加入到他们的劳动中去——探索出

一套行之有效的方法，

诱导他们放下农具，

和我一道写首实用的古体诗。

但，那是妄想。

夕阳下，他们收工回家，

沿小径而下时，

就像一群鹤发童颜的智者

下自仙山。

现实完美的终极模式，

也不过如此。

2021 年 10 月 10 日

眼泪

我在车里流着泪，

我的泪没有旁引，

只是体内满溢而出的水滴。

它清澈、甘甜，像滴自山泉。

至此，我已领略这人间，

那些围绕我旋转的事物

将我置于平稳的风暴眼。

我熟知我泪的成因，

它既不属于悲伤，

也不为感念。

它，单纯的自然之泪。

就像一粒风尘迷进了双眼。

我哭泣，我是一粒生命。

我哭泣，我还活着。

活着，是幸运，还是不幸？

我力压时日无多的惊涛骇浪。

我的感觉是黑夜里的烛光

向外开放。

我感触到世界却难感触到自我。

何其幸运。我无力改变什么。

因为不知道究竟什么是应该改变的，

周围的一切都那么真实。

我的泪在微笑的脸上滴淌。

2021 年 10 月 15 日

白狐

入夜，沙沙的脚步声响起。

她来了。不知她是如何躲过那些陷阱的。

就设在农场边缘的树林里。

专为她设，在可能经过的地方。

简易的铁夹、固定于木桩上的绳套、

树枝铺好的坑要联合捕杀她。

这样做也是为了保护我这个夜读的少年。

在众乡亲们眼里，

我还未曾沉沦。

我是暑假住进来的，

一间苹果园子西南的毛坯房里

待农人黄昏回家后，替他们看农场。

报酬是，我可以独赏夜景，

和在稠密的林间搜寻猫头鹰。

带着一些书，即使不读也安心。

不是真的，但她来了，

从一株槐树的根部溜到稀疏的篱笆外，

一身白，如服丧的女子。皓月下，

她在犹豫在徘徊。有时屏息驻足，仿佛在听我。

在考量和确认新来者之前，如一贯的那样，

她不便贸然进入。

直到躲在窗户后面的我，再也忍不住，

因不敢咀嚼而含在嘴里的酸果释放出的

酸汁刺痛我的味蕾，我发出了声响。

向外望时，她已了无踪影。

第二次来时，

我盯着她拖着带伤的身子从篱笆的破损处

来到院子里。她美到令人窒息，

伤处仿佛是痣，而轻盈的体态像是一朵云。

暗夜里，她发着光。

那双媚眼清澈之中又略带羞涩。

我知道她不是来偷我的，因为我年少愚钝，

尚不懂得男女之情。

尽管有人一再嘱咐我：所有的狐，都是美少女。

但我确信：

她为院内的蔬菜而来。最纯的兽，

井台边的水槽里饮水后，恋恋不舍地去了。

暑假结束的夜晚，

我希望能再次见到她，从苹果园四周的荆棘丛，

寻到树林的边缘。遥望众多的墓地，

那最终归宿之所，那时，我还不敢去。

最后，我怀着失望，

在孤单单的床上睡着了。

但我分明希望的是，如农人所说：

她渴慕我的文采，在农场的树林里，她偷看过

我学古人吟诗的样子，那一刻，

她人之心复活了，并确认我是她理想的夫君。

每晚，她都会变为俊俏的小姐来与我幽会。

起灶一桌酒席，

读书为我掌灯，饮酒为我把盏，

为我濯足，为我宽衣，拥我入眠。

更希望如农人所说的，我将死于最后的形容枯槁。

但她没有出现，也许已被捕杀，也许

故意躲开我。只在我林间写诗的习作纸上，

留下一封无字的情书：

要我不要先期死；并恭喜——

我会爱上很多女子，但都不是她。

此等尤物

来源于何样的城，

何样清澈的法律和纯净的王国，

把她秘密地安置在我必经的夜晚，

要她与人相恋时，与我相恋了，

要她取走我的生命时，她聪慧的手，

只取走我身上的语言。

爱的恩人，你是否还在某个窗口窥视，

犹豫于用炙热的情加害夜读的少年，

或者已转世为妙龄少女，放弃学业，

在某本书里，或某个论坛中，用妙曼的文字诱惑那些初学者。

那就冲我来吧，我还未长大，

还在土坯房子里，等你

用低处的池塘或高处的美景来制造我自杀的假象。

某本书、某个论坛里。

文字的野性会被我反用来约到你。

2018 年 5 月 28 日

这首《白狐》，像一个忧伤而浪漫的爱情故事，又像一篇情节曲折离奇的小说。只不过诗人通过诗的语言和手法来写成。这首叙事诗既写实，又有大量幻觉、虚构等细节，表现了白狐带给"我"期待和幻梦。诗歌为我们讲述了一位少年于暑假住进苹果园的一间毛坯房替人看护农场的一段经历，虚构了白狐出现的种种场景。"一身白，如服丧的女子。皓月下，/ 她在犹豫在徘徊。有时屏息驻足，仿佛在听我。""她美到令人窒息，/ 伤处仿佛是痣，而轻盈的体态像是一朵云。/ 暗夜里，她发着光。"而如此美好的白狐并非为"我"而来，"因为我年少愚钝，/ 尚不懂得男女之情。"在我眼中，"她为院内的蔬菜而来"，它是"最纯的兽，/ 井台边的水槽里饮水后，恋恋不舍地去了。"白狐带给"我"的是大量的幻觉和想象，诗人甚至虚构出白狐倾慕我的文采，并且爱上我，我们之间有一场惊心动魄的人妖恋。白狐最终没有出现，"也许已被捕杀，也许 / 故意躲开我。只在我林间写诗的习作纸上，/ 留下一封无字的情书：/ 要我不要先期死；并恭喜——/ 我会爱上很多女子，但都不是她。"

这首诗像少年的梦境，朦胧而纯洁，但又充满渴望和诱惑，又像成年人的期待。与其说诗人是在写白狐，不如说是在写梦想。那种美不可言、亦真亦幻的情感体验，总是充满吸引力，但终究是可望而不可及的。当我们从梦中醒来，才发现那些痛苦与欢乐都是一种虚幻的情绪。虽然"我还未长大，/还在土坯房子里，等你/用低处的池塘或高处的美景来制造我自杀的假象"，但这种美好的追寻还在，诗人会以文字的方式，诗的方式，继续他的寻觅。

——特邀点评：蒋登科

文身

确定色料后，她取出一些动物

让我来选。以为我会喜欢，但都被推开了。

我说，植物的柔和，

似乎适合我这样年龄稍大的男人。

不为别的，只想有个标记，让人认识我，

让人记得我，或让人恨我。

她被逗笑，挑一些在我胸前比对，又拿到后背试看。

我问植物的名字，一般别人

都用在什么部位。

她说，一般都是女士们在用，

手脚的腕处，或者身体半隐半露部位，

甚至私密处，

以突出女性之野性的神秘，增加追求者的制胜心理。

至于名字，还真是叫不全。

她拿一枚窄小的叶子按在我的鬓角，

指向镜子说：看，古代的囚犯。

然后，再次试图拒绝她的顾客，对我重提沉重的话题：

孩子怎么看，周围的又怎么看。

我想，皮肤的土地上，本也曾枝繁叶茂，是时间

磨损烧光了它，裸露成为一种忘本，

只是久了，裸露递进为本。

于是彩绘的涂鸦演变为反传统的恶。

青少年或许能被理解，

我同样困惑于自己中年的行为，解释为改变一下，

意思是你不介意吧：我只想弄脏自己。

与此同时，她为我挑选了一枚蝴蝶，

并称之为低度之毒。而选定的位置恰恰在

手背上拇指和食指相连的区域，

稍微用力，便有动态的飞翔栩栩如生。

于是，作为色料，她用一次性注射器取我静脉里的血。

然后，拿单排指针蘸了。若憎恨我，

若猪皮、羊皮、牛皮，若绣手帕给情人，

她不停地用针挑着我的皮肤，仿佛久有的神经

是块烂木头，而穿针引线也无非是巧弄缝补的姿态

往我脆弱的肉体里，留置杂色的造型。

我一直有伤，我的伤需要粉饰；

那也仿佛少年的张狂借助立异的个性重新来过。

真如那样，我当不再做我，

不再在自己开的粮油店里往粮食里掺假；

更不再老了老了于美容会所任人挑破皮肤

而美其名曰：重塑自我。

但实际上，我自己的血通过熟悉的管道

找到原初的流动，推动细胞复合。

结果是：蝴蝶还未完成，赤红的手背就恢复了多毛的黄。

什么也没有留下。

文一次身就能改变自我，确实很难。

不过，我只是想体验一下全部身心的疼痛，

往后其他的疼痛便不再算什么。

2018 年 6 月 7 日

我的眼光已习惯于滑行，却仍能从《文身》的表面感受到其周身散发出的魅力。或许是我对一切贴身之物有天然的兴趣。文身自然是贴身的，胜过任何华衣霓裳。岂只是贴身，几乎是融入血肉。文身如此富于诗意，每个诗人都应写一首文身之诗。如果尚未写，读了此诗不免有欠债之感，至少我是这样的。众所周知，文身有漫长的历史，本诗把它纳入当代现场中加以叙述，其中确实弥漫着相应的历史意识。或许这并不重要，重要的是在对文身的个体叙事中呈现出文身的神秘起源或功能。为何文身？这个问题的答案全然溶解在起伏有致的叙事中。从诗中看，叙述发生在"我"与"她"之间，"我"是待文身者，"她"是文身供应商，二者呈现出对话关系。如诗中所示，不同性别，甚至相同性别的不同个体对文身图案与位置的选择各异，文身也因此成为性别意识或个体意识的标记或强化之物。此外，诗中还涉及文身与裸露、道德，以及彩绘的关系等。"我的伤需要粉饰"这一句大概揭示了作者文身的潜意识或"重塑自我"的冲动。结果纹身带给作者的却是一场"绝后"版的疼痛体验（这一部分写得尤具烈度）："往我脆弱的肉体里，留置杂色的造型"。凡此种种，使它更像一首哲理诗，呼应着作者人到中年的内在困惑与解决尝试。但它并非哲理诗，因为其中的理同样融入叙述中，也就是说，本诗具有超强统摄力的精彩叙事生成了包容转化诸多异质事物与意味的艺术效果。

——特邀点评：程一身